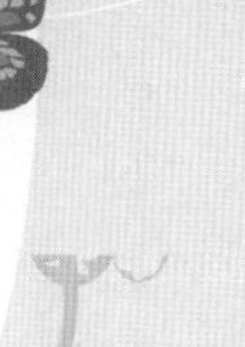

現代文學12

嫦娥

農曆八月十五月圓之夜，在清幽靜謐的山谷深處，有一縷炊煙裊裊升起……

嬋娟著

博客思出版社

自序

嬋娟的第一本小說終於出爐了，真是望眼欲穿呀！嬋娟高興得直想跳起來灑花兼轉圈圈，想必大家也能感受到我內心滿滿的喜悅吧！不免俗的我要感謝一路上幫助與支持我寫作的人，當然更要感謝目前正翻開此書的讀者你們，希望這本書能帶給你們快樂與感動，讓大家能盡情享受閱讀的過程。

嫦娥的故事我們小時候都聽過，大家都知道嫦娥偷吃長生不老藥後飛上了天，但是飛上天後然後呢？於是這啟發了我想寫這本書的動力。許多耳熟能詳的故事即使再過幾十年還是深得大家喜愛，不因時間而褪色，我想嫦娥的故事也是其中之一。之前到過電影院看了舊戲重拍的白蛇傳，雖然故事劇情差不多就那樣，但一看到白素貞被關進雷峰塔裡時，她和許仙兩人那難分難捨的模樣，還是讓我哭到一個不行，那時我便覺得不完美的結局固然令人傷心但卻讓人印象深刻，大家覺得呢？

書中除了緊湊的故事情節外，嬋娟還加入蘇東坡的「但願人長久」這闕詞，再配上鄧麗君天籟般的嗓音來當作故事中不可或缺的一環，希望大家會喜歡。想當初在寫作的那陣子，我還蠻常聽鄧麗君唱「但願人長久」這首歌的，邊聽著歌曲邊想著故事情節，有時還真讓我鼻酸得想流淚！

最後，如果大家喜歡嬋娟寫的書，希望大家能繼續給予支持，您不吝的支持才是嬋娟繼續寫下去的動力。好了，廢話不多說，大家看書唄，我們下本見。

嬋娟　民國一〇二年十二月九日

目次

目次

楔子

農曆八月十五月圓之夜，在清幽靜謐的山谷深處，有一縷炊煙裊裊升起。

在清澈的小溪旁，有一幢簡陋的木造房屋，烏煙正從它上頭的屋瓦不斷竄出，直升天際。而透過薄薄的紙窗，屋內微弱的燭火依稀可見。

「咳咳……」屋內傳來女性的聲音。

一抹窈窕的身影，此時正蹲在灶前起火。只見她一手不停將身旁的木材一一放進灶爐內，一手則握著一塊破木板，用力地朝裡頭的火苗搧著風。

搧了許久，火勢漸旺，但她自個兒卻也給燻得灰頭土臉、嗆咳不已。

這位蹲在地上的女子，她的名字叫做嫦娥。嫦娥原是天上的仙子，只因和后羿相戀，觸犯了天規，因此她與后羿便雙雙被貶入凡間，從此成為了凡人。

儘管從神仙被貶為凡人，但嫦娥與后羿相信只要能在一起，只要彼此有愛，即便會歷經過生老病死，他倆還是會過得很幸福、很快樂的。

不過，這個想法在兩年後便逐漸轉變……

一開始，他們在人間的確過得相當快樂，每天恣意地玩耍，累了就隨意躺在草地上

楔子

以大地為家、以天為棉被；餓了后羿便用他那不凡的神射技術，在森林裡打獵，在小溪裡捕魚。不像從前那樣有人管束著他們，此刻，他們想做什麼就做什麼，一切盡是如此的美好。

但隨著日子一天天的過去，當一切的事物變得不再新鮮，當春天過去隆冬降臨時，他們這才驚覺不能再這樣繼續下去。於是，他們動手建造了屬於自己的房子，他們開始懂得儲藏食物。后羿將打獵所得的獵物，拿去和鄰近村落的村民們交換一些生活所需，有時也換些酒水來犒賞自己一番。而嫦娥也不再像從前那樣，每天只需把自己打扮得漂漂亮亮的就好，她開始挽起衣袖燒飯洗衣，偶爾也須做些粗活。

然而當他倆如此辛苦的工作，卻無法讓生活過得更好時，衝突便爆發了。

嫦娥怪后羿每次都把獵物拿去換酒來喝，且時常不在家陪她，而后羿則嫌她嚕嗦，不再像從前那樣溫柔婉約。

如今的嫦娥，早已不是從前那個美到讓人怦然心動的大美女了，此時的她面容憔悴、衣衫襤褸，頭髮散亂地隨意挽成一個髻在腦後，每天都為了生活瑣事而弄得自己灰頭土臉、狼狽不堪。

灶爐裡的木材此時已燒得火紅，嫦娥將破木板往旁一擱，站起身，先是用衣袖抹了抹額上所沁出的汗水，接著將碗裡的一條魚丟進灶上的一口大黑鍋內。

當魚肉接觸到滾燙的熱油時，立即發出「啵啵」聲響，隨之幾滴熱油也從鍋裡濺了出來。

「唉唷！」嫦娥哀叫一聲，手被鍋裡噴出來的熱油給燙著。

儘管白皙的手臂上被燙紅了一塊，但嫦娥卻不以為意，趕緊將魚身翻面，最後再淋上特調醬汁，沒多久一盤看似美味可口的糖醋魚便大功告成。

嫦娥將剛完成的糖醋魚端到桌上，接著又回到廚房端出了幾道菜，很快地一桌香噴噴的菜餚便呈現在眼前，有糖醋魚、粉蒸排骨、炒芥藍菜以及羊肉蘿蔔湯，而這些都是后羿平常最愛吃的菜。

嫦娥看著一桌子的菜色，心中升起一股成就感，雖然這些菜比不上仙界所吃的山珍海味，但這都是她為了心愛的人所做，而能與心愛的人一塊吃自己所煮的飯菜，嫦娥覺得那便是天底下最幸福的事。

做完菜，嫦娥來到屋外的小溪旁舀了盆水，將臉上的髒污徹底洗淨，溼答答的手在裙襬上隨意地抹了抹，接著便回到屋內端坐著，等待后羿的歸來。

平常的后羿這時候早已到家，但今日不知怎麼搞的，嫦娥左等右等，眼看桌上的蠟燭已燒光了半截，卻依舊不見后羿的蹤影。

嫦娥越等越不耐，桌上的菜涼了，她的心也跟著涼了起來。

楔子

「后羿怎麼還不回來？」

嫦娥開始坐不住，一會兒她走到屋外，望著遠方的一條山林小徑，希望能在黑暗中看到一盞搖曳的燈火；一會兒她又走回梳妝台前坐了下來，對著銅鏡整理起一頭散亂的髮絲。覺得氣色很差便拿起胭脂開始在臉上塗塗抹抹了起來，如此做就是希望后羿回來時能看到她依舊美麗的一面。

「唉……」嫦娥忍不住輕嘆。

她開始自憐自艾，為什麼她要像個糟糠妻一樣，終日留在家裡燒菜洗衣，把自己弄得狼狽不堪，夜裡還要飽受折磨，望著遠方等著丈夫歸來。

「后羿到底去哪了？」

「會不會發生什麼意外？」

「不對不對，后羿的功夫這麼了得，怎麼可能會有什麼意外？還是說……后羿已經厭倦我了，是我不美了嗎？還是說被外頭的狐狸精給纏住了？」

嫦娥越想眉頭就蹙得越緊，整張臉愁眉不展、鬱鬱寡歡。

嫦娥回想起前些日子與住在山腰的李大娘在溪邊洗衣時的對話……

「嫦娥啊，妳可要好好看好你們家后羿呀！」李大娘挨近嫦娥身邊說。

嫦娥一邊用木棒拍打著衣服，一邊轉頭問：「怎麼了？」

「你們家后羿現在可成了地方上大英雄了，妳不知道嗎？」

「真的？那很好啊！」嫦娥衷心為后羿感到驕傲。

「上次你們家后羿救了被山賊搶劫的王家老爺，上上次他又救了被發情棕熊攻擊的陳老頭女兒，還有上上上次啊……」李大娘話夾子一開，想停都停不下來。

「這些我都知道呀，后羿每次都帶回許多謝禮來呢！」

「那妳知道有好多姑娘們都愛慕著你們家后羿嗎？」

嫦娥內心一震，勉強擠出笑容說：「后羿這般優秀，只要是姑娘都會愛上他的，可惜……他和我已是夫妻，只好叫那些姑娘們失望了……」

「唉唷，這話可說不準了，大丈夫三妻四妾乃常事，更何況你們家后羿條件這麼好，想嫁給他的姑娘更是不計其數，我看妳最好要有心理準備。」李大娘繼續說：「還有呀，女人間最愛爭風吃醋，對於那些比較有心機的女人，妳可要多小心點，可別讓那些女人爬到妳頭上，搶了妳正妻的地位。」

「嗯……」

嫦娥回想起李大娘的話，內心泛起了一陣酸澀，不自覺眼眶竟紅了起來。

「我是怎麼著？不是早該明白，早該覺悟了嗎？嫁雞隨雞，嫁狗隨狗，我一個女人家哪有資格管他什麼。這麼多姑娘愛慕我丈夫，我該開心，我該大方接納才是呀，可

楔子

是，我這怎麼著？只想獨佔自己的丈夫，怨妒那些覬覦我丈夫的姑娘們……唉，我真是個自私的女人……」

嫦娥想著想著眼淚便掉了下來，她拿出手絹抹了抹臉上的淚水，但越抹眼淚卻越掉越多，到最後整條手絹都濕透了。

嫦娥哀傷地看著鏡中的自己，為自己即將和其他女人共享一個丈夫而感到難過，最後悲從中來，索性悲悲切切地哭了起來。

「難道就在今日？難道今日后羿就要帶其他姑娘回來了？抑或是后羿早已醉倒在女人堆裡，樂不思蜀，完全忘了家中還有個引頸企盼他歸來的妻子？」

桌上的燭火突然滅了，四周變得一片漆黑。

嫦娥在黑暗中發呆了許久，最後她咬了咬下唇，止住淚水，摸黑拿出一根新的蠟燭重新點上，屋內頓時又亮了起來。接著嫦娥走到床前，彎下身，從枕頭下拿出一只精緻的錦盒，她小心翼翼地捧著錦盒，將它放在桌上並坐了下來。

嫦娥深深吸了口氣，打開了錦盒。立即五顏六色的光芒從盒內迸射而出，嫦娥為這光彩奪目的瞬間深感著迷，嘴巴也不自覺地微張開來。

待適應光芒後，嫦娥可以清楚地看見盒內飄散著許多白色煙霧，而煙霧之中則有兩粒金色藥丸。嫦娥伸出手，小心地將一顆藥丸取了出來並仔細端詳。

藥丸約莫一個指頭般大小，近聞沒有什麼味道，反倒是盒內的煙霧散發著淡淡的清香。

很快地，煙霧從盒中漸漸向外飄散開來，沒多久整間屋子便籠罩在白茫茫的世界裡，再加上藥丸所散發出的五顏六色光芒，令人感到如夢似幻，彷彿來到仙界。

這錦盒裡的藥丸名叫「長生不老藥」，是西王母不捨后羿和嫦娥被貶入凡間，於他倆下凡前所贈。據說只要吃下一顆便會長生不老，可與對方廝守一生，若兩顆都吃下便能羽化成仙，重返天庭。

「真的有效嗎？」嫦娥痴痴地望著手中的藥丸自言自語著。

雖然西王母贈藥的用意，是希望后羿與嫦娥一人一顆，兩人可以在人間好好的幸福過活，但此刻嫦娥的內心卻是千迴百轉，拿捏不定。

「我好懷念從前當仙子時的生活呀，每天無憂無慮、華衣美服，終日笙歌載舞，好不快樂，然而如今……」嫦娥環顧四周，家徒四壁的景象，令她不禁黯然傷神。

「唉……我真的要這樣和后羿過一輩子嗎？難道這就是我要的生活嗎？」

嫦娥看著藥丸愣愣地出了神，而光彩奪目的藥丸似乎還夾帶著一股魔力，它正不斷地蠱惑著嫦娥的心智。

突然，四周的場景變了。

楔子

雲霧繚繞的仙界，大家正開心地飲酒作樂，從前和嫦娥要好的姐妹們，個個容光煥發、神采奕奕。當他們見到一身粗布衣的嫦娥時，大家開始竊竊私語、掩嘴竊笑，嫦娥在他們的眼中看到了鄙夷。

曾被譽為最美仙子的嫦娥哪忍受的了這等屈辱，她的內心開始動搖。

「兩顆都吞下去的話，我就能回到天上，我就可以擺脫這種苦日子了。吞吧！難道妳想一輩子都過這種窮困生活嗎？」

嫦娥將兩顆藥丸拿近嘴邊，幾乎快送入口中時，她的手卻在空中停了下來。

「不行，我怎麼可以有這麼自私的念頭！我一個人回到了仙界，那后羿怎麼辦？」

正當嫦娥為自己剛才的想法感到可恥時，四周的場景又變了。

這次是在一個富貴人家女兒的閨房裡，后羿正與一位年輕貌美的黃衣姑娘坐在床頭，彼此手拉著手，含情脈脈地看著對方。

黃衣故娘紅著俏臉詢問后羿：「羿，你願與我長相廝守嗎？」

「當然。」后羿認真地說：「妳是我尋尋覓覓，生命中契合的另一半，我愛妳直到天荒地老。」

「可是人終究難逃一死的不是嗎？你又如何愛我到天荒地老？」

「可以的，只要我倆吞下長生不老藥……」后羿邊說邊用他那粗大的手掌輕撫著黃

衣姑娘粉嫩的臉頰。

接下來的畫面，嫦娥實在看不下去，她高聲怒斥：「不行！」然後雙手一揮，將桌上的菜餚、錦盒全都掃落到地上，並發出了巨大聲響，而四周也在這時恢復了原樣，回到了家徒四壁的屋內。

嫦娥因剛才所看到的畫面氣得整個人劇烈顫抖，下唇也咬得滲出了鮮血。

嫦娥流著淚喃喃地說：「你怎麼可以負我……說好要與我廝守終身的，你怎麼可以騙我……」

「不，我不會讓你得逞的！」嫦娥露出堅決的眼神。

她再度拿起兩粒藥丸，這次她不再猶豫，將藥丸往嘴裡一拋，馬上藥丸便順著她的喉嚨滑至腹中。

這時門「啪」的一聲，一個人影跌跌撞撞地從屋外衝了進來。

后羿因為村民們的熱情款待而不小心晚歸，一路上他的眼皮直跳，一整個心神不寧。直到踏進離家三四十公尺遠時，他見到屋內不斷飄散出詭異的白色煙霧，以及五顏六色的光芒，他直覺有異，趕緊拔腿狂奔而來。才一撞開門，就讓他見到這驚心動魄的一幕，桌上的飯菜散落一地，更重要的是錦盒裡的藥丸沒了，兩顆藥丸都沒了！

后羿急得抓著嫦娥的手質問：「該死的，妳到底做了什麼？」

嫦娥忍著手腕上的疼痛，無所畏懼地瞪著后羿說：「我把兩粒藥丸都吃了。」

「什麼！妳……」

「你這個負心漢，明明說要和我廝守一輩子的，你騙我！」嫦娥邊流著淚，邊用另一隻手搥打著后羿的胸口。

「我沒有騙妳，我的確要和妳廝守終身呀，只不過妳……」

「你還騙我！我全部都看見了，你還想騙我？」嫦娥氣憤地說。

「妳到底看見了什麼……」后羿的話突然頓住，他瞪著地上仍不斷有煙霧從裡頭飄散出來的錦盒，恍然大悟地說：「妳看到了幻象！」

「什麼幻象？」嫦娥一臉不解。

「那一切都是幻象！」后羿激動地說：「這一切都是那錦盒所製造出來的假象！它騙妳吞下了那兩粒藥丸，而吞下藥丸的妳以為妳還能回到天上，繼續當妳快樂的仙子嗎？」后羿盯著嫦娥的臉說：「錯！妳將會因為妳的貪心而永遠被關在廣寒宮之中。」

「什麼！」

嫦娥內心無比的震撼，她盯著后羿的臉龐直瞧，發現他不是在跟她開玩笑後，嫦娥這才明白自己這下可犯了大錯。

嫦娥焦急地拉著后羿的手臂問：「那……那我該怎麼辦？」

「怎麼辦？我也沒辦法，為什麼妳這該死的女人總是不相信我呢？」后羿對嫦娥的

不信任感到憤怒，不過憤怒歸憤怒，后羿還是深愛著嫦娥，他無法坐視嫦娥就這樣被關入廣寒宮之中，他焦急得不停地在屋內走來走去，絞盡腦汁想想出一個辦法來。

沒多久，嫦娥的身體有了變化。她覺得身體輕盈了起來，一陣白煙過後，她換上了一套華麗的服裝，整個人也年輕了許多，恢復到以往傾國傾城的樣貌。

儘管嫦娥看到自己如此的轉變，但卻開心不起來，她流著淚對后羿說：「羿，對不起，我讓一時的忌妒給蒙蔽了雙眼……我……我會在廣寒宮裡懺悔我所鑄下的過錯，並日日夜夜思念著你……」

后羿惶恐地緊抱著嫦娥說：「我不許妳走，妳可是我后羿一輩子的結髮妻子，我不會讓妳走的，誰敢帶妳走我就和他拼命。」

嫦娥聽了后羿的話，十分動容，他倆緊抱著對方，彼此淚流滿面。

一道月光透進屋內，嫦娥的身體突然飄了起來，隨著月光的吸引而漸漸向屋外飛去。后羿死命地抓著嫦娥，但仍抵擋不了那股無形的力量，瞬間嫦娥破窗飛出屋外，筆直朝月亮上飛去。

后羿追出屋外，左手握弓，右手向背後一探，立即掏出一支金箭架在弦上，「颼」的一聲就射出一箭，但沒有用，不管后羿如何射，都無法阻止嫦娥往月亮的方向飛去。

嫦娥回頭淚眼模糊地望著后羿，而后羿則在地上「颼颼颼」地不斷射著一支支的飛

箭，眼看嫦娥漸漸沒入月亮消失不見，后羿跪坐在地上撕心掏肺地大喊了一句：

「嫦娥…………」

四千年後……

第一章

西元二〇一二年，農曆八月十三日。

月亮上，廣寒宮。

「雲母屏風燭影深，
長河漸落曉星沉，
嫦娥應悔偷靈藥，
碧海情天夜夜心。」

廣寒宮裡傳來朗朗吟詩聲，吟罷便是一連串數不清的嘆息。

嫦娥坐在梳妝台前，看著銅鏡中的自己，手拿著桃木梳邊梳理著自己一頭瀑布般的長髮，邊重複唸著剛剛的詩句。身後的圓桌上，檀香正煙霧裊裊地升起，空氣中瀰漫著一股幽香。

「已經多久了？久到我都快記不得了。三千年？五千年？有多少個日子我都是在這裡一個人渡過？」

第一章

嫦娥看著鏡中自己美麗的臉龐，為自己所遭受的際遇感到難過。

「長生不老有何用？再怎麼年輕漂亮又有何用？還不是只能關在這暗無天日的廣寒宮中，夜夜孤芳自賞……」

嫦娥用力地捏著自己的臉頰，她恨透了這張臉，曾經她為她的這份美麗深感驕傲，有不少追求者均紛紛拜倒在她的石榴裙下，不過那都已經是遙遠的過去了。現在的她必須為自己的貪婪、為自己內心醜陋的一面付出慘痛的代價，而到今日已經過了四千多年了。

嫦娥放下梳子，挪動嬌軀碎步走到窗邊。推開窗，望向遠方，但遠方除了數不盡的繁星映入眼簾之外，此外便是一大片無邊無際的黑暗。

嫦娥所居住的廣寒宮位在月亮上，那是一棟高達七層樓的紅色石砌高塔，嫦娥被關在第七層，也就是最高的那一層，雖然說視野好、景觀佳，房內的佈置更是古色古香，但這間上等客房其實是個囚牢。

廣寒宮的四周亮著黃色的光暈，這是月亮本身所散發出來的光芒，它讓嫦娥不被黑暗所吞噬，而這座塔其實是飄浮在空中的，底下直通三十八萬公里遠的地面。

嫦娥從地面飛到月亮上後，就被關在這裡無法出去，雖然嫦娥的確回到了她仙子的身分，但她的法力只能在這不到十坪大小的房間裡使用，若想要藉此來逃脫的話，法力便會完全施展不上來。

一年三百六十五天，嫦娥都要待在這個房間裡，為自己所犯下的過錯懺悔，每天以淚洗面，日日夜夜聲聲嘆息，幾乎都快把自己給折磨死了。幸好一年中有一段時間嫦娥可以踏出這個囚牢，也就是在農曆八月十五前後這段日子。

農曆七月十八日是王母娘娘的生辰，但因為王母娘娘特愛賞月，尤其是在農曆八月十五時月亮是最大最圓的，於是王母娘娘特將壽宴延後至此舉辦。屆時仙界會擺開酒席大肆慶祝，所有的仙子都將參與，嫦娥今早也收到了消息，明天她必須去王母宮佈置會場，晚點還要幫忙發送請帖，這幾天將會非常地忙碌。

嫦娥低頭望著窗外底下，除了月亮所散發出的微弱光暈之外，其他地方盡是一片漆黑，什麼也看不見。

嫦娥好想念后羿，她忍不住低聲輕喚：「羿，你在哪裡？」

「咚咚！」

一對長長的白耳朵正敲打著窗沿，白耳朵的底部一直延伸至樓下六樓的房間裡，而它的主人正是一身毛茸茸的玉兔。

玉兔原是玉皇大帝的貼身御廚，燒菜功夫一流，卻因貪吃而偷吃了原本要獻給玉皇大帝的南海珍珠翡翠丸，因此才被關進廣寒宮的六樓裡來。而五樓後來也來了一個吳剛，吳剛原是玉皇大帝身旁的一名將軍，但脾氣暴躁的他老動不動就愛亂砍東西以發洩

情緒，有一天不小心砍倒了玉皇大帝心愛的桂樹，於是他也被送進了這裡。

在廣寒宮裡，他們三個可不是都閒在房裡沒事幹，嫦娥必須替仙界的眾仙子們織衣縫補；玉兔則負責搗麻糬，搗麻糬可不是件簡單的事，它必須搗上一整年才可完成，而玉兔所搗的麻糬乃具有神奇的功效，吃下後精力充沛並可增強法力；而吳剛則在五樓房裡不停地砍材，須將這些砍好的木材做成傢具以示懲罰。

由於他們三個關在這裡已經有許多年了，因此他們有時候會彼此聊聊天說說話，吳剛不太愛說話，因此嫦娥和玉兔則成了無話不談的好朋友。

「咚咚咚！」玉兔的白耳朵又在窗沿敲了三下，接著底下便傳來：「嫦娥，妳又再想后羿了啊？唉呀，別想了，再想也無濟於事。」

「兔兒，你不懂，你沒有愛過，你不會懂得思念一個人的心情……」

「唉……我是不懂沒錯，但妳也別胡思亂想，明早妳不是還要去王母娘娘那幫忙嗎?快歇息吧，睡了妳就會忘了這一切的。」

「你先睡吧，我還不累。」

「妳……唉，算了，我先睡了，妳也早點歇息吧。」

「嗯。」

玉兔的耳朵瞬間縮回了六樓，恢復到原本的長度，接著牠彎下身，摸了摸石臼裡看看麻糬的黏性如何，滿意地點了點頭後，牠搥了搥自己兩邊的肩頸，蹦蹦地跳上床，眼

睛一閉，便呼嚕嚕地睡了起來，睡的時候牠的兩隻耳朵還會不時地左右擺動，模樣甚是可愛。

嫦娥在樓上聽見玉兔平穩的呼吸聲，知道牠已入睡，於是她輕輕關上窗，坐回梳妝台前，對著銅鏡，又開始低聲嘆息了起來。

「嫦娥應悔偷靈藥，碧海情天夜夜心……又有誰能了解我的愁呢？」

＊＊＊

西元二〇一二年，農曆八月十四日。

人世間，台灣省T市警局中正第七分局。

「鈴鈴鈴……」

「喂，T市警察局。」小組長王sir接起了電話。

一分鐘後，他臉色鐵青地大聲說：「什麼！」辦公室的其他員警們這時也都停下了手邊的工作，紛紛轉頭看向王sir。

王sir拿著話筒臉色越來越凝重，員警們在聽見王sir嚴肅的語氣時，都知道一定有大事發生，於是在電話還沒掛斷前，大家就已經圍到了他的身邊。

第一章

「我知道了，好，沒問題，在忠孝東路是吧？我們馬上到。」王sir掛斷電話後，馬上對眾人宣佈：「石頭、阿浪、小馬、小裕、建偉，你們幾個馬上隨我出發，快！」

被點到名的五個人，二話不說，趕緊整裝出發，而剩下的人雖然不知道究竟發生了什麼事，但他們還是默默地回到自己原本的工作崗位上繼續工作。

不久，由王sir所帶領的五人小隊，火速地離開了辦公室，並分別上了兩台警車。

王sir是負責這次案件的小組長，雖然他已年過五十，歲月也在他臉上留下了不少痕跡，但他工作起來卻仍像個年輕小夥子一樣，時時充滿幹勁，而每當有重大刑案發生時，他絕對是帶頭衝第一的人，因此局裡的員警們都對他相當敬重。

此時兩台警車正快速地奔馳在T市街道上，吵雜的「嗡嗡」聲，加上一閃一閃的警示燈，讓路上人車紛紛走避。

王sir坐在第一台警車裡，開車的員警綽號叫石頭，他一邊以高超的駕駛技術在車水馬龍的車陣裡急速狂飆，一邊詢問坐在副駕駛座上的王sir：「到底發生了什麼事？」

「刀疤陳逃走了。」王sir解釋。

「誰是刀疤陳？」坐在後座的阿浪傾身向前問。

「吼，學長你的記性真的很差耶！刀疤陳就是三天前被你在碼頭抓到的那個天龍幫大哥，自己抓到的人也可以忘記，真是太佩服你了。」石頭說。

「刀疤陳……」阿浪歪頭想了一下：「喔，我想起來了，就是左手臂上刺著一條龍、背上滿是刀疤的那個喔……」想起刀疤陳的模樣後，坐在後座的阿浪氣得用力搥了一下身旁的座椅說：「fuck，我好不容易才逮到他的，怎麼會讓他給逃了？」

「冷靜點，是我們的疏失，才會在押解刀疤陳的途中被四名蒙面歹徒有機可趁。」王sir對著後照鏡裡的阿浪說。

「可惡，早知道我就應該跟去的才對！」阿浪一臉懊惱，接著他抬頭問王sir：「那押解刀疤陳的兩名員警，他們倆怎麼樣？」

王sir皺緊眉頭說：「志明被歹徒開了一槍，射中右邊的胸口，雖然沒有立即斃命，但仍傷勢嚴重，倒臥在現場奄奄一息，而達哥則在一旁和歹徒孤軍奮戰中，剛剛就是他來電請求支援的，附近其他的員警應該已經到達現場了吧。」

「志明……怎麼會？他們不是都有穿防彈衣嗎？」話才剛說完，下一秒石頭便「啊！」的大叫一聲，原來開車的石頭聽到消息後太過震驚，以致於差點撞上路中央的分隔島，幸虧他及時旋轉方向盤，才將車子駛回原本的路線上。

王sir瞪著石頭嚴厲地說：「你給我專心開車，聽見沒有？」

石頭吐吐舌，將注意力集中在開車上。

王sir繼續解釋：「據了解，前來救援的蒙面歹徒個個持有強大的火力，而打中志明的那把好像是一把叫什麼NF5的手槍……」

第一章

「是FN5-7手槍。」阿浪糾正。

「對，就是那把手槍，聽說威力強大到連防彈衣都抵擋不了。」王sir說。

「可惡，那些王八蛋！」阿浪氣憤地又重搥了一下前座的椅背，沒多久他臉色轉而哀傷地說：「唉，春芳一定很難過……」

「不是春芳，是春嬌好不好，拜託。」石頭翻了一下白眼。

但阿浪只顧著將雙肘撐在大腿上，十指緊抓著自己的頭髮，一直身陷在自責懊悔的情緒中。而他們口中的春嬌則是志明的女朋友，原本他倆下個禮拜就要結婚了，但如今似乎無法如期舉行了……

「志明只是盡他的義務而已，發生這樣的事，你我也不願意看到，而當務之急就是我們必須要趕緊把刀疤陳給逮捕回來才對。」王sir說。

「學長，王sir說的沒錯。如果這次再讓刀疤陳給溜掉的話，那麼想再抓到這隻老狐狸可說是難上加難了。」石頭說。

阿浪振作起精神，抬起頭，恨恨地看著遠方說：「刀疤陳，我一定會逮住你的！」

王sir見到阿浪恢復鬥志的模樣，滿意地點了點頭。

十五分鐘後，兩台警車便先後抵達了現場。

遠遠就可看見兩名員警正在驅離一些車輛繞道而行，而在員警身後約三十公尺處，

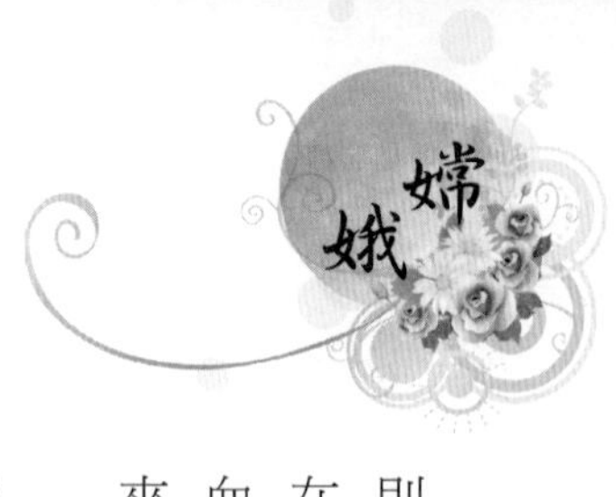

則有部黑色休旅車撞上路旁的電線杆，不僅車頭全凹，且車子正不斷地冒出陣陣白煙。在休旅車斜對面的銀行前，有台偵防車正停在那，兩邊車門打開，且車旁有一灘明顯的血跡，這是志明被槍擊中倒地時所流的血，而志明中槍後則由達哥攙扶到一旁躲了起來。

原來志明與達哥在押解刀疤陳的途中，突然衝出一部黑色休旅車擋在他們前面，接著雙方一陣槍戰，在火力不敵的情況下，刀疤陳被歹徒給救走，但達哥與志明仍不死心地開車緊追在後。在經過忠孝東路時，歹徒不小心撞上電線桿因而受困在此，於是達哥與志明又與歹徒展開了第二回的槍戰，只不過這次不幸地志明被擊中了右胸，性命垂危。達哥見狀立刻扶著志明躲到了車子後方，一方面繼續朝著歹徒開槍還擊，一方面趕緊請求支援。

現場只見雙方各自以車身作為掩護，幾顆人頭不斷地從車子後方冒出舉槍和對方火拼。雙方的車身上不僅彈孔累累，連一旁的車輛、後面的金融大樓也都遭受殃及，地上盡是數不清的碎玻璃與彈殼殘骸。

除了王sir他們以及指揮交通的員警之外，現場還有大批員警部屬在兩端的路口，以及戴著頭盔，身穿防彈衣，手持衝鋒槍的霹靂小組，他們正藉由身旁的遮蔽物，向歹徒所在的位置緩緩前進。

現場槍聲隆隆，子彈四處彈跳，而這驚魂的槍聲，令路人都躲在附近的辦公大樓裡

不敢出來，但有些膽子比較大的人，還是好奇的從大樓上探出頭來觀戰，甚至還拿手機出來拍照錄影。

王sir下車後，走到一位員警面前問：「現在情況怎麼樣？」

原本正在安排調度人力的小劉見到王sir後，先敬了個禮，接著開始報告：「歹徒的休旅車撞上一旁的電線桿，受困在這裡大約有三十分鐘了，劫持囚犯的歹徒有四名，每個都頭戴黑色頭套，初步估計應該是天龍幫的小弟們前來營救他們的大哥。」

王sir點點頭。這時石頭、阿浪以及另一部車的小馬、小裕、建偉也都來到了王sir的身後。

王sir又問小劉：「對方的火力如何？」

不待小劉回答，阿浪在閉眼靜靜地聽了一會兒現場的槍聲之後，很快便說：「CZ75手槍，八零年代捷克生產製造，全長203毫米，口徑9毫米，槍身重980克，射速每分鐘高達1000發，性能與衝鋒槍無異。」

接著又傳來一連串槍響，阿浪聽完又接著繼續說：「P99半自動手槍，德國瓦爾特工廠製造，全長180毫米，口徑9毫米，槍身重700克，因為曾在007系列電影中出現而聲名大噪。」

小劉目瞪口呆地看著阿浪問：「你怎麼知道得這麼詳細？」

阿浪沒回答，聳聳肩只輕鬆地笑了一下。

王sir斥責小劉說：「現在不是說這個的時候，快點告訴我他們的火力如何？」

小劉被訓斥後，撇了撇嘴低聲咕噥：「剛剛都已經被他說完了，我還要說什麼……」但在接收到王sir所投射過來的冰冷目光後，他立刻改口說：「根據目前所了解，對方火力強大，持有CZ75手槍、P99半自動手槍、AK-47步槍以及FN5-7手槍等，照現場情況來看，對方身邊可能還備有許多手槍及子彈。」

「很好。」王sir接著轉頭對自己的組員們吩咐：「包圍現場，千萬別讓他們給逃了。」

收到命令後，阿浪等人異口同聲地說：「Yes, Sir.」

石頭在一旁好奇地問：「既然他們火力這麼強大，那為什麼他們不趕緊離開這裡呢？等到我們把他們都包圍住，他們不就插翅難飛了？」

「學長，是這樣的……」小劉出聲說：「因為後來不到十分鐘，霹靂小組就已經到達了現場，並將他們給團團包圍住，所以他們還沒來得及逃脫，便受困在這裡。」

「喔，原來。」石頭笑著說：「沒想到我們的霹靂小組動作還挺快的嘛，不錯不錯。」

阿浪突然沒頭沒腦地問了一句：「他的傷勢怎麼樣？」

「傷勢喔……」

看小劉一臉莫名其妙的樣子，石頭解釋：「就是倒在警車旁的那位員警啦。」

「喔，他喔。」小劉指著左手邊在一旁待命的醫護人員說：「醫護人員早在三分鐘前就已經抵達了現場，現在就等警方順利壓制住歹徒後，便能馬上上前去救人。」

「救救救，如果再不快點的話，就沒得救了啦！」阿浪焦急地說完，接著牙一咬，一個箭步便飛也似的衝了出去。

「阿浪，等等……」王sir話還沒說完，阿浪就已經衝進了槍林彈雨裡頭。

藉由遮蔽物的掩護，阿浪很快便來到躲在騎樓柱子後的霹靂小組身旁，阿浪問帶頭的組長：「你們怎麼還不趕快上前捉人？」

霹靂小組的組長張凱見到是自己人時，他無奈地表示：「你看看四周。」

阿浪不懂張凱到底要他看什麼，但他還是跟著照辦，他目光迅速地掃向四周。

突然，他看到左前方一台銀色三菱房車的後座冒出了兩顆小頭，但很快地兩顆小頭就讓一雙大手給壓了下去。

「這是……」

「沒錯，前面的車子上還有人。」張凱語重心長地嘆了口氣說：「槍戰發生時人群四散，眾人逃之夭夭，有些人嚇得躲了起來，我們不知道有多少民眾躲在這附近，況且我們還無法完全掌握對方的火力有多少，如果我們冒然行動的話，我怕無辜的民眾可能

會受到波及。」

阿浪點了點頭，他明白張凱的顧慮，但是眼下若不敢快行動的話，志明就算沒有立即死亡，也可能因為失血過多而死，現在可是救人如救火的關鍵時刻呀！

阿浪想了一下便對張凱說：「待會兒我跟你們打手勢，你們就丟煙霧彈，其他的交給我就行了。」

「沒問題嗎？」

「沒問題。」阿浪比了個讚的手勢。

「嗯，那你放心去吧，我們會掩護你的。」張凱伸出手，阿浪也伸手回握。

阿浪左右觀察了一下，接著他握緊槍枝，看準斜前方的藍色廂型車上頭沒人後，便朝著那台車的方向奔了過去。當歹徒發現到他而將槍口轉向這裡時，阿浪早已躲到了箱型車的後方，於是幾聲槍響過後，子彈都只打到了箱型車的車身上。

這時阿浪對霹靂小組比了個手勢，霹靂小組立刻向歹徒的方向丟了幾枚煙霧彈，瞬間現場煙霧瀰漫，而阿浪則抓準機會快步飛奔至達哥的身邊。

當阿浪成功到達時，達哥舒了口氣，並以感激的目光對阿浪說：「阿浪，你來了啊。」邊說手還邊忙著替一旁臉色蒼白的志明止血。

阿浪對他點頭，接著馬上看向一旁的志明問：「你還撐的住嗎？」

志明不斷地大口呼吸，神色痛苦地看著阿浪，一句話都說不上來。

「看來情況很危急，如果不快點送他去醫院的話恐怕會有生命危險。」阿浪焦急地說。

「這我也知道，但我們現在被困在這裡，實在是想離開也無法呀。」達哥說。

阿浪低頭想了一下，接著他問達哥：「你那現在還有多少顆子彈？」

「我的子彈早就用光了，而志明的子彈也在剛剛被我用完了，現在我們是進退不得，只能在這裡等待救援了。」

阿浪看著志明臉上痛苦不堪的表情，他說：「等等我出去當餌，引誘他們將注意力放在我身上，到時你就趕緊抱起志明往外衝，醫護人員已經在一旁待命了，只要能送到他們手裡，志明就有希望。」

達哥聽完阿浪的話，忍不住抗議：「不行，你這樣實在是太危險了，讓我來吧，我來當餌……」話還沒說完，阿浪便伸手打斷他說：「別再跟我爭了，既然刀疤陳能被我抓到，我就沒有理由眼睜睜地看他被救走。」

「可是……」達哥看了看志明，又看了看阿浪。

「別再浪費時間了，相信我吧。」

見阿浪一臉的堅決，達哥知道是該相信自己夥伴的時候，於是他給予阿浪一個擁抱並說：「嗯，既然如此，那你小心點。」

「這是當然的，我『警界神槍手』的封號可不是浪得虛名的。」

與達哥達成共識後，這時四周的煙霧也已完全消散。阿浪看了一下周圍，當他見到頭上方的偵防車後照鏡時，靈光一閃，馬上動身將後照鏡給拆卸下來，並小心翼翼地放置在一個手臂距離遠的空曠地上。

藉由後照鏡所呈現的影像，阿浪得以觀察對方所在的確切位置，然而鏡子卻因為陽光的照射而閃閃發亮，被其中一名歹徒給發現了。於是「砰」的一聲，放在地上的鏡子立即應聲而破，雖然這只是才短短三十秒之間的事，不過也已足以讓阿浪將對方的位置給記了下來。

阿浪望著地上那碎裂的後照鏡，心裡暗想：「看來對方也有高手存在，能立即察覺到鏡子的存在，並在三十秒內便用一顆子彈將之擊碎，看來這下恐怕沒那麼容易了。」

阿浪轉頭問達哥：「你身邊有外套或大衣嗎？」

「有件外套在車上，要做什麼？」

阿浪沒有回答，他輕輕打開車門，從車上取出一件紅色運動外套，而達哥則在一旁兩眼直盯著阿浪的一舉一動。

接著阿浪又向霹靂小組比了個手勢，立刻煙霧彈拋出，現場煙霧瀰漫，阿浪蹲在車身後閉著眼，深深地吸了口氣，然後將手上的外套高高地向上一拋。

第一章

歹徒在煙霧中突然見到衣服，以為那是個人，都紛紛舉槍對著外套瘋狂掃射。

阿浪趁歹徒們將注意力集中在外套時，縱身一躍往前方的計程車旁飛撲而去，而被他拋起的外套此時早已被射得千瘡百孔，達哥則在後頭哀號了一句：「我的Nike外套……」

阿浪在縱身飛起的同時，聽聲辨位，舉槍瞄準了一名歹徒拿槍的手腕射去，子彈不偏不倚命中，該名歹徒的槍立即掉落在地上，並從他嘴裡發出了可怕的哀號。

歹徒們因自己人被射中而瞬間慌了手腳，後方的達哥見機不可失，趕緊一把抱起地上的志明，奮不顧身地往外衝。

歹徒們發現達哥的身影後，紛紛舉槍瞄準了達哥，但突然又是一聲槍響，緊接著又是一陣呼天搶地的哀號，另一個歹徒的左小腿被擊中了。

這時歹徒們已亂成了一團，沒空理會已遠去的達哥，他們戒慎恐懼的環顧四周，面對著不知何處會飛來的子彈，他們緊張得大氣都不敢喘一下。

刀疤陳啐了口痰在地上，並罵了句：「他媽的，又是那個條子！」

「大哥，是誰啊？」一名未被擊中的小弟緊抓著槍，害怕地四處張望著。

「是個高手。」其中一個歹徒冷笑了一聲說：「沒想到警界也有這樣一等一的高手。」

「可惡的條子，這個仇我一定會報的，給恁爸記住！」刀疤陳被未受傷的兩名歹徒

掩護著，手裡緊抓著一把槍，準備隨時看到黑影就開槍。

此時遠方有一輛白色休旅車急駛而來，在衝過一堆警察後，便橫衝直撞地直往刀疤陳所在的位置駛去。

「老大，黑狗哥來了。」未受傷的小弟開心地說。

「砰砰砰！」

在槍聲大作之下，白色休旅車的車身上立刻出現了好幾個彈孔，但依舊無法阻止它繼續前進，最後它急煞在刀疤陳所在的位置旁，路上留下了兩條長長的煞車痕跡。接著車門敞開，一根槍管率先探了出來，對著不遠處的霹靂小組一陣掃射後，持槍者對刀疤陳說：「大哥，快上車。」

刀疤陳點了個頭後，看著仍在地上哀號的兩個小弟，對車上的人說：「把他們兩個扶上車，快。」說完刀疤陳便在眾小弟們的掩護下，走向休旅車。

躲在一輛卡車後方的阿浪，眼看刀疤陳就要被救走了，趕緊朝刀疤陳的左肩開了一槍，子彈劃破空氣快速地直直飛去，眼看就快打中時，「鏘」的一聲，被另一枚高速飛馳的子彈給瞬間打落，而這時刀疤陳已經上了車。

阿浪趕緊站起身，他察覺到有一道凌厲的目光正看著他，一名蒙面歹徒正站在白色休旅車車門前，雖然阿浪無法見到他面罩底下的模樣，但光是從那雙鷹眼般銳利的眼

睛，阿浪知道對方正在笑，而且是那種令人不寒而慄的笑容。

「是他，他打落了我的子彈。」

阿浪緊盯著對方的一舉一動，不敢掉以輕心。

該名歹徒只看了他一會兒便上了車，車門「砰」一聲關上後，車子便迅速揚長而去。在經過一群警察時，又是一陣槍響，但是開車者的技術也真是了得，他像是學會了迷蹤步一樣，讓一群警察始終射不著輪胎，只能乾瞪著眼目送著車子離去。

阿浪不甘心，跳上一台賓士車車頂，舉起槍，在心中計算著車子行駛的速度，以及預測其行駛的方向，瞄準著白色休旅車一分鐘後右後輪可能出現的位置，扣下板機，一顆子彈伴隨著清脆的槍響，從槍管裡迅速竄出，並以每秒一公里的速度向前飛去。

眼看子彈即將射中右後輪，這時「框啷」一聲，白色休旅車的後車窗破了一個洞，一顆子彈從裡頭急速竄出，不僅打偏了阿浪所射出的子彈，更以迅雷不及掩耳的速度，直往阿浪的面前飛來。

「糟糕！」

當阿浪發現不妙，想閃躲時，已經慢了一步，子彈劃過他左邊臉頰，臉上立刻多了一道血痕。

「fuck！」阿浪瞪著逐漸遠離的休旅車，忍不住罵了一句。

從車頂上跳下來的阿浪，心中一股怒氣無從宣洩，轉身重踹了身旁的賓士車好幾

腳。

幾台警車發出「嗚嗚」的警笛聲隨後追了上去，王sir他們這時也已趕到了阿浪的身邊。

「你沒事吧？」石頭看著阿浪流血的臉頰關心地問。

「沒事，只是一點小傷。」阿浪一臉氣憤難平，他問：「他沒事吧？」

「志明已經在救護車上了，幸虧即時輸血，否則失血過多，到時就算送上救護車也回天乏術。」石頭說。

「阿浪，幹得好，多虧有你志明才能順利得救。」王sir拍了一下阿浪的肩膀。

「可是我還是讓歹徒給跑了……」

「已經有警車去追了，他們跑不掉的。」王sir說。

王sir的無線對講機這時發出了聲響，他拿起對講機說：「請說。」

「什麼？追丟了！」

「混帳！」王sir氣得將對講機往地上一摔，幾秒後他才驚覺自己失禮了，他清了清喉嚨，以冷靜的語氣對眾人說：「收隊。」

接著除了趕過來的鑑識人員，以及兩名員警留在現場進行善後工作外，其他員警均紛紛坐上警車離開了。

沒多久躲在大樓裡的人們都站了出來，大家心有餘悸地指著現場議論紛紛一番後，接著大家就繼續做自己的事情，好像槍戰見怪不怪一樣。

＊＊＊

王母宮裡張燈結綵，到處都佈置得美輪美奐，裡面的仙女們來來去去，個個忙得不可開交。

「來，這個屏風搬到那張椅子的後面。」一位看起來年紀稍長的仙女，正對其他年輕的仙女們指揮著。

一名頭上綁著紅絲帶的小仙女正偷偷地使用仙術，讓一盆五葉松盆景飄浮在空中，然而她的仙術似乎還未達火侯，導致盆景還未到達八仙桌時，便從半空中突然掉落下去。

「啊！」小仙女尖叫。

眼看盆景即將摔得粉身碎骨，年紀稍長的仙女連忙比劃了個手勢，接著當她指向盆景時，原本離地面只剩五公分的盆景立刻又飄浮了起來，這次它四平八穩地飛落在八仙桌上。

「呼，好險。」

在看到盆景沒事後，小仙女舒了口氣，並拍了拍自己的胸脯，但沒多久她便感受到一道凶光正看著她，她轉動著僵硬的脖子對年紀稍長的仙女說：「春姊，不好意思，我不是故意的啦！」邊說邊低著頭，不敢直視著春姊。

春姊手插著腰，兇巴巴地說：「瓶兒，這已經不是妳第一次犯錯了，妳到底還要給我惹多少麻煩呀？」

眼看瓶兒兩手不停地扭擰著，看來似乎知道自己犯了錯，春姊也不忍心再責怪，她嘆了口氣繼續說：「我不是說要用兩手搬嗎？每次妳都給我偷懶使用仙術，偏偏妳的仙術又是這裡頭最差的。」

瓶兒噘起了嘴，一副飽受委屈的模樣。

「別再噘了，妳的嘴都噘得跟山一樣高了。」

這時嫦娥正將一個彩帶掛好，並從椅子上輕盈地跳了下來。

春姊看了嫦娥一眼便對瓶兒說：「妳多學學嫦娥，少抱怨多做事，這樣不是很好嗎？」

嫦娥見瓶兒低著頭、噘著嘴的模樣，知道瓶兒鐵定又犯了錯，正在被春姊說教，於是好心的嫦娥趕緊過來解圍。

「瓶兒，等等我要去幫王母娘娘送請帖，妳和我一道去吧。」嫦娥說。

「太好了，可以到外面玩了！」瓶兒的一張小臉登時亮了起來，開心地原地拍手跳

躍著。

「玩玩玩，這可不是讓妳去玩的。」春姊一臉怒氣。

嫦娥趕緊出聲說：「好了啦，春姊，有我在我會看著她，不會讓她闖禍的。」

春姊見嫦娥替瓶兒做擔保，也只好轉頭叮嚀：「瓶兒，妳可別貪玩而誤了正事唷！」

「好啦好啦，我知道啦！」瓶兒瞧春姊一副不放心的模樣，趕緊舉起右手發誓：「不然我發誓好了，我絕對不會因為貪玩而壞了正事，否則我……天打雷劈，臉上長滿麻子。」接著她轉頭問春姊：「這樣可以了吧？」

春姊無奈地嘆口氣揮揮手說：「好吧，妳們倆快去快回，要是請帖沒送完那可不是開玩笑的事。」

嫦娥和瓶兒相視一笑，接著瓶兒便拉著嫦娥的手興奮地說：「走吧走吧，我們快走，這裡可快把我給悶死了。」

「別急，我的手都快被妳給扯斷了。」說完嫦娥便笑著和瓶兒離開了王母宮。

春姊看著她倆離去的身影，對瓶兒這丫頭真是沒輒，她嘆了口氣後，便轉身繼續指揮著其他人佈置著。

＊＊＊

兩台警車先後回到了中正第七分局，車子才剛停下，留守在警局的員警們就已經來到了門口，列對等著歡迎他們。

王sir帶著石頭、阿浪等人下了車，走進警局，大家都紛紛給予他們掌聲與擁抱，祝福他們平安歸來。

「王sir你們辛苦了，一切的經過我們都已經透過新聞知道了，被刀疤陳那傢伙給逃走實在是讓人很不爽，不過阿浪……」阿浪聽到有人在叫他，轉過頭來，留守在警局的阿強對阿浪說：「多虧有你才救了命在旦夕的志明，春嬌剛剛打電話過來要我謝謝你，你真的做了一件了不起的事。」

「哪裡，這沒什麼。」阿浪平淡的回答，心裡對讓刀疤陳逃走一事仍難以釋懷。

阿浪在心裡暗想：「這下放虎歸山可好了，下次要再抓到他不知道要等到什麼時候，可惡，這隻老狐狸……不過話又說回來，剛剛打落我子彈的高手會是誰呢？看他的身材應該也是個台灣人，在國內能擁有這般身手，照理說我應該不可能不認識呀……」

正當阿浪還兀自沉浸在自己的思緒中時，臉頰上突然的疼痛喚醒了他。

警局中的學妹，前年才剛進入這個分局擔任書記的嘉樺，正細心地一手拿著紅藥水，一手用鑷子夾著棉花，輕輕為他擦拭著傷口，而這股疼痛讓阿浪忍不住皺起了眉頭。

「怎麼？我太用力了嗎？對不起，我應該小力一點的。」嘉樺道歉。

「不，不是，呃……我的意思是說謝謝。」阿浪不習慣有女生這麼近距離的靠近他，一時間他心跳加速，於是他連忙急著說：「我自己來就好。」說著便想接過嘉樺手上的藥水及鑷子，但嘉樺將手肘往前一推，擋住了阿浪伸過來的手並說：「這點小事就讓我來幫你吧，更何況你自己又看不到傷口。」

「我可以照鏡子……」

「唉唷，阿浪，人家嘉樺學妹想幫你擦藥，你就讓她擦嘛，幹嘛不好意思。」石頭在一旁笑嘻嘻地說。

「我哪有不好意思？」阿浪瞪著石頭，一張麥色的臉龐，因此微微漲紅了起來。

「哈哈，還說沒有，要不要我幫你拿張鏡子給你照照呀？」石頭調侃著。

阿浪實在很想衝上前揍石頭一頓，不過他忍了下來，而當他轉過頭看見嘉樺也正紅著臉蛋時，一股從未出現過的奇妙感受自心中湧現，他說不出那股感覺是什麼，不過他倒是覺得嘉樺臉紅的樣子很可愛。

阿浪，本名陳昕浪，現年三十歲的他，目前在T市警局中正第七分局裡服務。個性有點粗枝大葉、不拘小節，然而在遇到緊急情況時，卻會顯現出過人的冷靜與判斷能力，甚至會展現出精湛的槍法。

當警察已有三年之久，且連續三年都拿下警政署所舉辦的「全國射擊競賽」冠軍，每個靶他都能準確無誤的命中紅心，三年來至今無人可以擊敗他，也因此贏得了「警界神槍手」的稱號，並成功捉拿住許多作奸犯科的壞人。

不過如此神勇的他，卻未曾交過女朋友，父親在他年少時便英年早逝，而家中唯一的母親則時時叨唸著要他趕緊娶妻生子，不過阿浪卻從來不心急，對於感情他始終抱持著隨緣的態度，因此常錯失掉許多大好姻緣。

另外最讓大家感到頭疼的，就是他常常記不住大家的名字。除了自己的名字他能正確無誤地唸出來之外，要他成功記起別人的名字或綽號，對他來說似乎是個嚴重的障礙，不是完全叫錯名字，就是替人家改名改姓的，而這種情形一直都沒有獲得改善。

「回家……回家……我需要你，回家……回家……馬上來我的身邊……」音樂自阿浪的褲子口袋響起。

聽這來電鈴聲，阿浪知道是母親打來催促他回家的，他在心中暗自感謝母親替他解危，讓他可以從這不自在的尷尬氣氛中趕緊逃離。

他掏出手機，走到警局外，接起手機大聲說：「喂，媽。」

「阿浪呀，你現在有在忙嗎？」電話那頭傳來母親的聲音。

「沒呀，找我有事嗎？」

第一章

「也沒什麼啦，只是明天就是中秋節了，想問看看你什麼時候要回來？」

「我這一兩天都要上班，明晚我會回去的。」

「是喔……」母親的聲音聽起來有點失望，但她繼續說：「可以的話盡量早點回來，回來幫我做生意，我怕我到時候忙不過來……」

「好啦好啦。」阿浪不耐煩地用手挖了挖耳朵，接著說：「沒事的話我要進去上班了。」

「還有啊……」

原本要掛電話的阿浪聽見母親還有話要說，擺出了一副受不了的表情。

「如果你有女朋友的話，明天順便帶回家來給我看看呀。」阿浪翻了個白眼，母親嘆了口氣繼續說：「你呀，都三十歲了，連個女朋友都沒交過，想當初我在你這個年紀的時候都已經生你了……」

「好啦好啦，妳這句話已經說過幾百遍了。」阿浪打斷母親的話。

「說歸說，但是你有哪一次認真聽進去，要是你真的明白的話，你就……」母親的話才說到一半，阿浪趕緊將手機拿遠些，然後高聲說：「王sir你有事找我啊？」接著再對電話那頭的母親說：「媽，我要工作了，沒空跟妳閒聊，就先這樣，明晚我會回去的，再見。」然後便迅速掛上了電話。

「呼，真要命，好險我機靈，否則這下可要被她唸得沒完沒了了。」阿浪自言自語

著：「老是要我趕快交女朋友，又不是我想交就交的到的，哼！」

這時阿浪的腦海中突然浮現剛才嘉樺臉紅的模樣，他心想：「如果嘉樺能成為我女朋友的話，似乎也不錯。」但下一秒阿浪便為自己竟有這樣的念頭感到羞愧，他敲著自己的頭暗罵：「笨蛋，人家學妹可把我當學長一樣尊敬，我在那胡思亂想個什麼呀，以我這個性莽莽撞撞的粗俗人，人家怎麼可能會喜歡我……」

「學長，你在做什麼呀？」嘉樺的聲音突然從背後傳來。

阿浪嚇了一跳，轉身後一臉尷尬，後頭除了嘉樺之外，王sir、石頭他們也都站在他身後。

「你……你們大家怎麼啦？」阿浪緊張地問。

「我們大家要去醫院探望志明哥，學長，你也一起去吧。」嘉樺說。

「一起去吧，阿浪。」王sir的話雖然是建議，但聽起來卻像不容違抗的命令。

阿浪看了一下眾人臉上的表情，大家臉上盡是擔憂，他舒了口氣，心裡慶幸著剛才的自言自語沒被大家聽見。

「嗯，走吧，我們一起去探望大明。」阿浪轉身邁開步伐大聲說。

「是志明！」大家異口同聲糾正他。

阿浪才剛抬起的腳瞬間停在半空中，他轉過身來，尷尬地搔頭說：「喔，抱歉抱

歉，是志明。」

大家紛紛搖頭嘆氣，阿浪只好尷尬地笑著。

最後他們分三批人馬，上了三台警車，一群人便浩浩蕩蕩地出發往醫院去了。

第二章

兩抹窈窕的身影出現在陰森詭譎的石洞中。

嫦娥和瓶兒身穿一紅一綠，正緩步通過一條昏暗幽長的甬道，沿路兩旁各站著手拿奇怪兵器並頭戴面具的守衛，而守衛的面具則盡是一些表情猙獰的動物臉孔，看了令人不寒而慄。

甬道高、寬都在三米左右，不時有水滴從上頭滴下，偶有一些奇怪的動物從頭頂飛過，壁上還會滲出一些墨綠色黏液。每隔十呎左右壁上會有一盞火炬，依著火炬所提供的微弱照明，嫦娥與瓶兒只能緩慢地在昏暗的石洞中前進。

走到甬道的盡頭，穿過一扇黑色拱門，接著又是另一條甬道，這條甬道比剛剛的更寬敞了些，走沒多久嫦娥與瓶兒便看到了令她們怵目驚心的畫面。

甬道的兩旁有著許多石室，每個石室都用欄杆圍著，且裡頭都傳來淒厲的慘叫與痛苦的呻吟。

「我好痛呀，好痛呀……」

一個披頭散髮的男子，正赤著腳舉步維艱地走過一座滿是刀子所堆成的刀山，他每走一步，腳下便是一刀，血如泉湧般噴出，但沒多久傷口就癒合了。接著他再踩一步，

第二章

一陣慘叫，血又跟著噴出，但馬上又癒合了。

嫦娥和瓶兒看見那人痛苦的模樣，實在不忍多看，趕緊低頭速速通過。

「唉呀！」瓶兒突然大叫。

嫦娥轉頭一看，瓶兒的長髮正被一個蓬頭垢面的大嬸給從牢房裡一把抓住，她雙手緊抓著瓶兒的長髮，大聲哀求著：「救我，求求妳救救我……」

瓶兒又是害怕又是疼痛地放聲大叫，嫦娥在一旁也嚇得花容失色，一時間不知道該怎麼辦才好。

這時一旁頭戴猴子臉面具的守衛，揚起他手中的鐮刀，「噗滋」一聲，大嬸抓著瓶兒的那條手臂立刻掉落至地面，鮮血當場濺得瓶兒滿臉都是，瓶兒嚇得驚叫連連，嫦娥趕緊抓著瓶兒的手像逃難似地離去。

跑了一陣子後，她們來到一座外觀看似巨大鳥籠的紅色電梯。

嫦娥趁喘口氣的同時，轉身拿起手絹替瓶兒將臉上的血漬擦了擦，並說：「妳可要緊緊的跟在我身邊，別亂跑，知道嗎？」

瓶兒驚魂未定地點了點頭，接著才用顫抖的聲音說：「嫦娥姊姊，我討厭這個地方，我們趕快離開好不好？」邊說還邊抓著嫦娥的手。

「我也不喜歡這個地方呀，等我們把王母娘娘的最後一封請帖送到閻王手上後，我

們就馬上離開，好嗎？」嫦娥輕拍著瓶兒的頭安撫著。

瓶兒吸吸鼻，剛才的驚嚇讓她眼淚都飆了出來，她點點頭答應後，嫦娥便帶著瓶兒進到紅色的鳥籠裡。

鳥籠的門自動關上後，嫦娥按下了地下十九層的按鈕，接著齒輪轉動的聲音響起，紅色鳥籠便逐漸開始往下降。

伴隨著「喀啦喀啦」的聲音，嫦娥她們一層樓一層樓地往下降。

由於鳥籠電梯僅是由兩條鐵鍊在拉動，因此在下降的同時，電梯還會不時地左右晃動，讓嫦娥她們只能緊抓著一旁的欄杆，以免不小心從欄杆的縫隙中摔下去。

電梯的速度不快也不慢，但時間已足夠讓嫦娥她們將每一層樓的景色給看得一清二楚，每向下一層樓，四周的景色便是駭人，不時傳來的尖銳慘叫，更是令人毛骨悚然。

到第十八層時，一望無際的滾滾熔漿，以及數不盡的人頭在熔漿裡載浮載沉著，而炙人的高溫更是讓嫦娥她們的額頭不停地沁出豆大汗珠。到了第十九層樓，也就是閻王辦公的地方，溫度驟降，陣陣的陰風不斷從腳底竄上來，令嫦娥及瓶兒不禁直打哆嗦。

「砰！」

撞擊聲從鐵籠底部發出，表示已到了最底層。接著鳥籠的門自動開啟，嫦娥及瓶兒趕緊從電梯上下來。這時的四周原本是一片漆黑，但三秒後，兩旁的燭火便自動燃燒了起來，並循序漸進的一路點燃至遠方的黑暗中。

第二章

瓶兒害怕地躲在嫦娥身後，嫦娥捏了捏她的手，示意她跟緊一點。接著嫦娥便帶著瓶兒一步一步地往前走，她倆來到燭火的盡頭，但是這裡卻什麼都沒有，四周一片漆黑。

正當嫦娥感到疑惑時，前方突然整個亮了起來，一排排的書櫃，櫃上有著滿滿的線裝藍色古書，上面大大地寫著「生死簿」三個字。而在書櫃的最前方有張辦公桌，桌前一位留著兩撇鬍子的章魚頭人身樣官員正在辦公。

官員抬起頭來問：「妳們是？」

「想必您就是章判官吧？」眼看對方眼裡閃過一抹警覺，嫦娥馬上說：「我們是奉王母娘娘的命令，特來送請帖的，想請問一下閻王大人在嗎？我們想親自交到他手上。」

章判官將嫦娥及瓶兒上上下下打量一番後，冷淡地說：「你們等我一下，我去看看閻王大人在不在。」

嫦娥點頭，目送著章判官離開，消失在黑暗的盡頭。

時間一分一秒過去，等了十分鐘仍不見章判官的身影，四周也沒有一點動靜。

原本還害怕地躲在嫦娥身後的瓶兒，經過這十分鐘的環境適應後，比較不那麼害怕了，甚至還四處逛了起來，一下子摸摸書櫃，一下子又將架上的生死簿拿出來翻閱。

「瓶兒，不可以亂動人家的東西。」嫦娥嚴厲訓斥。

「唉唷，嫦娥姊姊，我只不過隨便看看而已，又沒有怎樣。」瓶兒笑咪咪地說，絲毫不在意嫦娥生氣的模樣，繼續翻著手上的生死簿。

「妳瞧，這生死簿可真有趣，裡頭詳細記載了一個人出生、死亡的時辰，還有他這一生的經歷，甚至連他上輩子、上上輩子的情況也都鉅細靡遺地記載了下來。」

「瓶兒，妳快將生死簿放回去，如果被章判官看見妳就慘了。」嫦娥見瓶兒不聽她的話，急得連忙上前阻止。

但瓶兒這丫頭就像條泥鰍一樣，一下子就跑到另一個書櫃前，翻閱著別本生死簿。嫦娥幾次抓不著她後，急得真不知該如何是好。嫦娥並不是對瓶兒不聽她的話而感到生氣，她是怕萬一被章判官或是其他閻王府的人給瞧見了，那瓶兒可就遭殃了。

就在嫦娥想使出仙術來阻止瓶兒時，瓶兒已經溜到了章判官的辦公桌前。她低頭看著章判官桌上攤開的一本生死簿，照著上頭的文字唸著：「陳昕浪，西元一九八三年生，台灣省台北人……」

嫦娥見瓶兒不聽勸，便開始比劃起手勢，準備施展簡單的「擒綑術」，這個招式會將瓶兒的雙手給綑綁在後，不論對方用任何的方法都無法將綑住雙手的粗繩給弄斷，唯有施術者解咒，對方才得以脫困。

只見瓶兒仍自顧自地翻著桌上那本生死簿，然後蹙起秀眉問：「咦？神槍手……神

第二章

槍手是什麼東西呀？」她偏頭想了一下，接著恍然大悟地大叫一聲後，便轉過頭對嫦娥說：「神槍手就是我們所稱的神射手是吧？那不就跟后羿一樣。」

嫦娥一聽見后羿的名字，原本還在空中比劃的手停了下來，她的心痛了一下，她回想起后羿與她相識的過往……

后羿年少時，就已經是仙界裡無人不知、無人不曉的神射手，不管他想要射什麼總是可以一箭穿心，哪怕是從樹梢上被風吹落的一片落葉，他也能精準地一箭射中。更厲害的是他還能聽聲辨位，即使閉上眼也能射得神準，且不是靠仙術的幫忙，乃是憑自己的實力，也因此后羿成為玉皇大帝跟前最受寵的愛將，名氣也傳遍整個仙界。

嫦娥當時只是王母娘娘身旁的一個伺女，但也耳聞后羿的大名，從他人口中了解后羿的一切後，便逐漸產生了情愫，雖然她未曾見過后羿，但卻每天在腦海裡不斷刻畫著后羿的容貌，幻想著他射箭時的英姿。

終於，有一天，嫦娥在神仙湖畔偶然撞見了正在練箭的后羿，那時的后羿站在櫻花樹前，對著落櫻正閉眼凝神射擊著。

嫦娥巧遇心上人，一顆心小鹿亂撞，但她卻躲在一旁屏住呼吸，不願打擾后羿練箭，只想靜靜地在一旁欣賞著。

自從得知后羿練箭的地點後，嫦娥便常找機會前去偷看，每次她都很小心地躲在一

旁。直到有一次，嫦娥因一隻突然從樹上掉下來的巨無霸毛毛蟲給嚇了一跳，雖然她迅速地用雙手緊摀著自己的嘴，但這細微的聲音還是被耳尖的后羿給聽見了。

后羿聽見草叢中有動靜，以為是野兔，一支箭「颼」的一聲，便往嫦娥的方向直射而來。等到后羿聽見嫦娥的驚呼聲，才知道他弄錯了，於是他倏地睜開眼，連忙奔向嫦娥。

千鈞一髮之際，后羿來到嫦娥跟前，並出手將飛箭打落，箭狠狠地插進一旁櫻花樹的樹幹上，而這股猛勁也使得櫻花樹劇烈搖動，讓上頭粉紅色的櫻花如細雨般落下。

嫦娥驚懼地看著后羿，而后羿也同樣吃驚地看著嫦娥，這就是他倆第一次見面的畫面。

經過那一次後，后羿也深被嫦娥的美貌與氣質所吸引，於是他倆很快便墜入愛河，神仙湖也成為了他倆幽會的地方。

「這個人的上輩子是個革命烈士，曾經幫過孫文起義，不過可惜呀……三十歲年紀輕輕就被軍閥給抓走並處以死刑，且至死都尚未娶妻呢。」瓶兒邊翻著陳昕浪的生死簿，邊自言自語著，而瓶兒的話也使得還在想著后羿的嫦娥醒了過來。

嫦娥氣惱瓶兒打斷她的回憶，於是沒好氣地說：「瓶兒，別再翻了，要是妳再闖禍，這回我可救不了妳。」

但瓶兒就像沒聽見似的，邊繼續翻著邊說：「他的上上輩子是個劫富濟貧的俠客，但三十歲時被奸人所陷，中毒而死，一樣未曾娶妻……咦，怎麼又是三十歲呀？」

瓶兒繼續往前翻，並說：「這個也是。」

嫦娥忍不住湊上前，低頭瞧著瓶兒手中的生死簿。

「這也是。」不死心的瓶兒繼續往前快翻，最後她終於投降，搖搖頭對嫦娥說：「看來這個人注定活不過三十歲，而且一輩子無妻無子，真是個可憐蟲。」

「妳可憐人家幹嘛？每個人都有自己的命，既然他命中就該如此，那也沒有辦法……」

瓶兒不理會嫦娥，一口氣翻到了最前頁，邊翻她邊說：「我倒要看看他最前世到底是做了什麼壞事，才會讓他落得如此下場。」

當生死簿被翻到最前頁時，瓶兒拿著簿子的手，在看到上頭名字的那一刻，差點因沒拿穩而掉至地面，她一臉震驚，而旁邊的嫦娥更是一臉慘白，因為那上頭就是嫦娥朝思暮念、時時刻刻在心版上頭的名字──「后羿」

兩人就這樣一動也不動地呆站了許久，最後瓶兒率先叫了出來：「后羿！是妳的那個后羿嗎？」說完瓶兒轉頭看著臉上瞬息萬變的嫦娥。

嫦娥又驚又喜，沒想到會在這裡看見后羿的生死簿，她好想知道在與后羿分開的這漫長歲月中，后羿究竟發生了哪些事？他現在到底過得怎麼樣？

嫦娥的臉上露出了久違的笑容，但下一秒卻籠上了一層寒霜，因為她想起剛才瓶兒照著生死簿上頭所唸的內容，后羿的每一世都活不過三十歲，且都未曾有過一妻半子，這是真的嗎？為什麼會這樣？

焦急的嫦娥連忙搶過瓶兒手中的生死簿，首先她先確認裡頭所描述的人確實是后羿後，她趕緊細看上頭的內容。

上頭是這麼寫的：

「后羿與嫦娥相戀，觸犯神仙不得戀愛的天規，本應處以重刑，但玉皇大帝念在后羿曾為天庭立下許多汗馬功勞，因此決定寬容，將后羿與嫦娥貶入人間，去體驗生離死別的苦痛。

然而王母娘娘愛才，不忍后羿及她最喜愛的伺女遭此苦難，於是便贈予長生不老藥，盼他倆在人世間可以長相廝守。但嫦娥卻不敵誘惑，將兩顆藥丸一併吞入想藉此返回天庭，最終卻只能永遠被關在廣寒宮之中受苦。

后羿在嫦娥飛向月亮後，不斷向天庭射出一支支的飛箭，弄得天庭人仰馬翻，甚至還揚言若不放出嫦娥，他將一箭將空中的月亮給射下。

在天庭派出天兵天將與后羿激烈交戰後，后羿終究不敵人海戰術，負傷暈厥倒地。玉皇大帝將賜給后羿的神弓收回，並決定讓后羿往後的投胎轉世都活不過三十歲，並且無妻無子……」

第二章

看到這裡，嫦娥的心都碎了，她全身顫抖，一雙眼也早已積滿了盈盈的淚水。

「怎麼會……怎麼會這樣……沒想到不只我一個人受苦而已，留在人世間的后羿也要跟著挨罰……」嫦娥邊說淚水也從臉頰淌了下來。

瓶兒見嫦娥傷心的模樣，趕緊抽出自己懷裡的手絹，邊抹著嫦娥臉上的淚水，邊安慰道：「嫦娥姊姊妳別哭呀。」

眼看嫦娥的淚水一發不可收拾，瓶兒急得說：「唉呀，都是我不好，早知道就不該亂看人家的東西，現在可好了。」

這時嫦娥突然停止了哭泣，振作起精神，趕緊將手上的生死簿往後翻，瓶兒被嫦娥突如其來的舉動給嚇了一跳，只能呆愣地站在一旁。

嫦娥的手在翻到「陳昕浪」這個名字的那一頁停了下來，陳昕浪也就是后羿轉世後目前在現世所用的名字。

嫦娥將食指按在書頁上頭，快速地看著裡頭的內容，當看到「三十歲」這個年齡時，嫦娥心裡一凜，放慢速度仔細地看著上頭的描述。

上頭寫著：「三十歲時陳昕浪會有兩個死劫，且這兩個死劫都無法躲過，最終還是難逃一死。」

儘管嫦娥的心直往下沉，但她還是緊咬著牙逼自己看下去。

「第一個死劫發生在西元二〇一二年農曆九月十日晚上七點十分，他將被奸人陷害而吃下有毒的鳳梨酥，當場命喪黃泉。」

「農曆九月十日晚上七點十分，有毒的鳳梨酥。」嫦娥喃喃地唸了四、五遍，確定自己沒記錯後，趕緊繼續往下看。

「第二個死劫發生在……」

「啊！」瓶兒大叫一聲，讓原本情緒緊繃的嫦娥手一滑，簿子就這樣掉到了地上。

「不好了，我看見有人來了！」瓶兒緊張地指著遠方說。

嫦娥順著瓶兒所指的方向看去，果真在遠方黑暗深處，有一盞微弱的燭火正不斷地放大接近中。

眼看有人要來了，慌張的嫦娥趕緊將地上的生死簿撿起來，並緊捏在手裡，內心不斷掙扎著到底該把簿子放回去，還是該把第二個死劫給看完。慌亂的她，此時急得全身不停地冒著冷汗。

瓶兒見章判官的身影已在清晰可見的範圍內，而嫦娥卻一副不願將生死簿放回原位的模樣，她趕緊一把搶走簿子，將它放回原位，並攤開至原本那一頁，然後快速地拉著嫦娥離開桌子。

嫦娥雖然被瓶兒拉著走，但目光卻始終停駐在那本生死簿上頭，她在心中懊惱著：「還有第二個死劫呀……第二個死劫是何時？會怎樣發生呢？是不是渡過了后羿就會一

切平安呢？」

想著想著嫦娥的小腳忍不住向桌子的方向跨了一步，她好想衝過去將後頭沒看完的部份看完，而這份渴望就像螞蟻般，不斷地啃噬著她的心頭。

然而當嫦娥才提起勇氣想衝過去桌前時，身後章判官的聲音已經傳來。

「抱歉，讓你們久等了。」章判官不疾不徐地說。

見嫦娥沒有反應，兩眼仍直盯著桌上的生死簿，瓶兒趕緊用手肘撞了她一下，並對章判官口無遮攔地說：「不會，不會很久，如果你可以再晚一點回來的話，那就好了。」

「什麼？妳的話是什麼意思？」章判官拔高了音調，一雙眼警惕地在嫦娥及瓶兒身上來回逡巡著。

瓶兒知道自己不小心說錯話，緊張得趕緊躲到嫦娥身後。

嫦娥心裡雖惦記著那本生死簿，但眼前她還是必須先過了這一關，於是她換上笑臉對章判官說：「章大人，您別理她，她有時候就喜歡說些奇怪的話，我們都知道您很忙，等等是應該的。」

聽完嫦娥的客套話，章判官瞪了她身後的瓶兒一眼，心裡想著：「哼，這個臭丫頭真失禮！不過我大人不記小人過，就不跟這些無知的後生晚輩一般見識。」

「算了。」章判官接著開始談論正事：「剛剛我去找閻王，他恰巧外出去了，路上我又遇到了些事而耽擱了些時辰，所以直至現今才回來，不便之處還請見諒。」

「哪裡？章大人為地府辦事不遺餘力，其辛勞大家有目共睹，等這些時辰不算什麼，反倒是我倆的突然造訪定為章大人您帶來了不少麻煩。」

「哪兒的話，您言重了。」章判官因嫦娥的吹捧，臉上露出了難得的笑容，而嫦娥就是在等這一刻，她技巧性地問：「不知章大人最近在忙些什麼？小女子適才見章大人埋首於桌前，一副頭疼的模樣，想必您正在辦的事情一定很棘手，不知小女子可否有榮幸能為您分憂解擾？」

聽完嫦娥的話，章判官立刻嚴肅了起來，他不帶情感地說：「一點小事，不需勞煩你們幫忙。」眼看嫦娥張口欲言，一副不死心的模樣，他話鋒一轉趕緊說：「你們不是來送請帖的嗎？既然閻王不在，那麼你們先交給我吧，晚點我再轉交給他。」

雖然章判官沒說破，但嫦娥也明白對方已經在下逐客令，再不走也未免太不識相了。儘管嫦娥希望能從章判官口中問出一些關於后羿的事，但顯然對方不願幫這個忙，既然如此她也沒轍。她點點頭後，從懷裡拿出請帖，恭敬地交到章判官手上。

章判官伸手接過請帖，看也沒看便放到了桌上，然後轉身對嫦娥她們說：「請帖我已經收到了，我還有事，你們……」

「我們正要走，打擾您還真是抱歉。」嫦娥欠了欠身說：「那麼告辭了。」

「不送。」章判官點頭。

嫦娥依依不捨地帶著瓶兒離開，臨走前還不忘回頭多看了桌上的那本生死簿幾眼。

章判官回到桌前坐下，繼續拿起他的判官筆，在陳昕浪也就是后羿的生死簿上頭不知道寫了些什麼。

搭著鳥籠電梯回到了上頭，嫦娥帶著瓶兒快步離開石洞。一路上嫦娥靜默不語，一臉心事重重，而瓶兒還是被一旁恐怖的景象給嚇得哇哇大叫。

就這樣她們送完了請帖，也回到了天庭。

＊＊＊

西元二〇一二年，農曆八月十五日。

人世間，台灣省T市，警政署所屬打靶場。

「砰砰砰！」子彈冰冷的聲音從打靶場裡傳來。

打靶場位在警政署地下一樓裡，專供員警練習使用，偶爾也會舉辦一些大型競賽，例如讓阿浪蟬聯三年冠軍的「全國射擊競賽」便是在此舉行的。

此時阿浪正站在一張塑膠長桌前，頭上戴著耳罩與護目鏡，桌上有著一排不同款式

的手槍以及多個彈匣，他兩手握著一把制式九零手槍，神情專注地將槍高舉至與眼睛連成一直線的位置。

在他前方遠處不斷有人形立牌從底下彈上來，且人形立牌還有分歹徒與人質的差別。歹徒個個凶神惡煞，手持強大武器；而人質則滿臉驚恐，高舉著雙手示意著別開槍。

眼看人形立牌不斷忽上忽下，有時只有歹徒，有時歹徒還挾持著人質。但儘管如此，槍法神準的阿浪還是可以抓準時間，準確無誤地射中歹徒身上的紅心。

掛在阿浪上頭的計分器，此時正顯示著目前所打中的分數，隨著他每打中一個紅心，上頭的分數便不停地往上跳。

「砰！」

隨著最後一聲槍響，計分器上頭的分數也來到了一百分。這是滿分，從來沒有人能達到這樣的分數，阿浪是第一人，也是唯一一人。

阿浪吁了口氣，左右轉動了一下肩頸，接著他放下槍，滿意地看了下計分器上頭的分數，然後將耳罩與護目鏡脫了下來。

「啪啪啪！」身後傳來了掌聲。

阿浪轉過身去，嘉樺正站在後方笑臉盈盈地看著他。

「真厲害呀，學長，不愧擁有神槍手這個稱號，我真以你為榮。」嘉樺發自內心稱讚。

阿浪見是嘉樺學妹，他不知怎麼搞的突然緊張了起來。

「靠，面對壞人也沒有這麼緊張，啊現在是怎樣？」邊想阿浪邊搥了兩下自己的胸口，希望自己失序的心跳能平靜下來。

「怎麼了？學長。」

「沒什麼啦……不，我的意思是說我沒那麼厲害啦，妳把我說得太好了。」阿浪大咧咧地笑著以掩飾他的緊張。

「我說的是真的，你真的很厲害呀，你就別再謙虛了吧。」嘉樺邊說邊向阿浪站近了些，近到阿浪可以聞到她身上所散發出來的香味。

「找我有事嗎？」

阿浪不習慣和女孩子站得那麼近，於是他反射性地向後退了一步，但這一步卻讓心思細膩的嘉樺感到很受傷。她在心裡不斷猜測著學長是不是不喜歡她，否則為何每次只要一靠近他，他總會躲得遠遠的。

其實嘉樺早就心儀阿浪很久了，從前年一進到中正第七分局時，她就被阿浪那憨厚老實，以及遇到危機時能臨危不亂的個性所吸引。他很出色但不愛出風頭，他很勇猛但

卻不居功，也因此在警局中大家都很喜歡他，私底下更有許多女警偷偷愛慕著他。

不過縱使有女警曾對阿浪大獻殷勤，但阿浪卻像個傻木頭似的無動於衷，甚至還逃得遠遠的，大大地傷了人家的心。

嘉樺曾經懷疑阿浪已經有女朋友或喜歡的對象了，但後來經她暗中觀察與打聽，當她知道阿浪確實沒有拍拖的對象時，她便決定出擊。

嘉樺是個新時代女性，既然她會自願到警局來服務，當然她的思想也就不同於一般的傳統女性，她認為喜歡就該勇敢的去追求，而不是在一旁等著姻緣從天而降。

她明白自己雖沒有一等一的美貌，但長得也還算清秀，且她不認為阿浪是個會以貌取人的人。而自己細膩的心思與阿浪大咧咧的個性正好可以截長補短，如果像阿浪這種好男人在身邊，都還不懂得趕緊把握機會的話，那她可真是天下第一號傻瓜。

「怎麼?沒事不能找你嗎？」嘉樺逗弄著阿浪，眼看阿浪一臉尷尬，她輕笑了一下改口說：「今天晚上王sir約唱歌，你會去吧？」

「今天晚上？」阿浪挑了挑眉說：「今天不是中秋嗎？」

「是呀，怎麼了嗎？」

阿浪抓了抓頭，不好意思地說：「今天我答應我媽要早點回去，所以……」

「唉呀，只是唱一下而已，又不會耽誤你多少時間。」眼看阿浪抿著唇，臉色為難

的模樣，嘉樺繼續說：「不管，你今天非去不可。」

「為什麼？」

「呵，你看你，忙到連今天王sir生日都忘了。」

「啊，對吼！」阿浪恍然大悟，拍了一下自己的頭說：「我真的是給它忘得一乾二淨了。」

「所以嚕，大家都到了，你不到怎麼可以。」嘉樺笑著說。

阿浪猶豫了一下，然後說：「好吧，反正就只是去唱一下而已，我想我媽應該會諒解的。」

見阿浪答應了，嘉樺露出開心的笑容，然後她問：「那麼你現在還有事嗎？」

阿浪搖頭。

嘉樺鼓起勇氣說：「我來這裡辦公，事情剛辦完，如果你沒事的話，那我們就一起回警局吧。」

「喔，好啊。」阿浪愣愣地答應了。

「嗯，那走吧。」嘉樺開心極了，她想阿浪應該也沒那麼排斥她，她覺得自己的機會似乎提高了。

當他倆才剛踏出警政署大門，阿浪才想到要問嘉樺：「妳是怎麼過來的？」

「坐計程車呀。」

「那妳……」

阿浪邊說邊看向門口旁的一台野狼機車。那是他的愛車，黑到發亮的車身，側邊貼著一張黃底黑圖的蝙蝠俠標誌貼紙，整台車看起來帥氣又拉風。

「我可以坐你的愛車嗎？」嘉樺甜甜地問。

「當……當然……」

阿浪被嘉樺的直接給嚇了一跳。他從來沒用過他的愛車載過任何女生，雖然他並不是不願意載嘉樺，相反的其實他還蠻樂意的。但是他的機車座椅很小，如果後面要載人的話，那兩人的身體勢必會貼得很近，而且後座也沒有扶手，那麼嘉樺勢必得緊抓著自己才行。

一想到會有這麼親密的接觸，令阿浪既緊張又興奮。

「但我只有一頂安全帽……」

「這簡單，我進去借一頂就有啦。」

嘉樺說完便轉身奔進警政署內，她可不想讓阿浪有任何反悔的機會。

沒多久，嘉樺拿著一頂上頭有著黃色小鴨圖案的安全帽，奔至阿浪身旁。

「借到了，我們走吧。」

第二章

嘉樺將安全帽戴上，並調整了一下長度。

見嘉樺因奔跑而滿臉通紅、氣喘吁吁的模樣，阿浪只覺得她真是可愛。

阿浪一腳跨過車身，拿起掛在後照鏡上黑色附有防風鏡的安全帽；而嘉樺也跨上後座，兩手輕輕扶在阿浪腰上。

阿浪感受到背後嘉樺身上所傳來的香氣，以及腰上那微微癢癢的感覺，他吞了吞口水，在心中罵著自己：「只不過是載個女生而已，你在緊張個屁呀？振作點，拿出點男子氣概好不好？遜咖！」

阿浪用右腳踩了一下發動桿，並催了幾下油門，車子的排氣管便「噗噗噗」發出了隆隆聲響。

「坐好嚕。」

「嗯。」

接著阿浪收起腳，車子向前一衝，兩人便離開了警政署。

坐在前頭的阿浪緊張地騎著車，而後頭的嘉樺臉上則漾著愉快的笑容，兩個人各自擁有兩份不同的心情。

＊＊＊

「唉……」嘆氣聲從嫦娥的房裡傳出。

自昨日從閻王府回來後，嫦娥便魂不守舍、一夜未眠，滿腦子想的都是陳昕浪會遭遇兩個死劫的事。

「農曆九月十日晚上七點十分，有毒的鳳梨酥。」嫦娥腦海中不斷盤旋著這幾句話，深怕一個不小心給忘了。

「算算時間，九月十日，那不就剩不到一個月了嗎？這該怎麼辦才好？」嫦娥滿臉愁容，心裡為后羿感到不捨：「所有的罪我一個人受就好了，怎麼能讓后羿為我受這麼多的苦……」

「嫦娥妳別再嘆氣了。」樓下傳來玉兔的聲音，牠的一對長耳朵這時也來到了嫦娥的身邊，並輕拍著她的背，想給她一點安慰。

「對呀，別再嘆息了。」粗啞的男性嗓音從下方傳來。說話的是平常不多話的吳剛，他聽嫦娥這幾天嘆氣連連，知道她又為了后羿的事而心煩，於是他忍不住出聲安慰。

「我不能眼睜睜看著后羿受此輪迴，他本來就是無辜的。」嫦娥說。

「沒辦法呀，這一切都已經決定好了。更何況……投胎轉世後的后羿早已跟妳沒有任何瓜葛了，妳又何必為了一個已經不記得妳的人而煩惱呢？」玉兔說完收回了牠的長耳朵，接著杵臼撞擊聲響起，牠又開始上上下下地搗起石臼中的麻糬。

第二章

在玉兔房間的桌上，此時正擺滿一盤盤剛完成的麻糬，今天稍早已經送一批去王母宮了，現在玉兔又繼續搗著新的麻糬，而樓下也傳來了吳剛伐木的聲音。

「就算他不記得那又如何？只要我記得那就夠了……」說到一半嫦娥忽然站起身，望著窗外大聲說：「不行，我必須去救他！」

樓下的聲音嘎然而止。

「嫦娥妳瘋了嗎？妳連這裡都無法離開，妳要怎麼去救后羿？」玉兔瞪著大眼問。

「不管，我一定要救他才行。」嫦娥堅決地說。

「那妳打算怎麼做？」

嫦娥低頭想了一下，接著她靈光一閃，連忙問玉兔：「你願意幫我嗎？」

「這……」玉兔猶豫了半晌才問：「妳要我怎麼幫妳？」

「我想用我的仙術將你的麻糬幻化成我的樣貌，替代我留在廣寒宮中，待我幫助后羿渡過死劫之後，我就會立刻回來。如此神不知鬼不覺，便不會被人發現了。」

原來廣寒宮這裡，天庭都會派人不定時的來這巡視一番，如果房裡沒人的話，很快就會被發現，所以嫦娥才想到利用這個方法，好讓自己能順利溜下凡。

「可是妳要什麼時候回來？別忘了仙術的效力只有三個月，三個月後妳就會被發現妳人不在這裡，到時可就遭殃了。」玉兔覺得嫦娥似乎把事情想得太簡單了，因此對她

所說的方法感到相當地憂心。

「不是還有你嗎？」嫦娥輕笑了一下，彷彿玉兔的這個問題很愚蠢似的。

「對喔，還有我在呀！」玉兔恍然大悟地原地跳了起來，但很快便皺起眉頭說：「妳的意思是要我在妳不在時，用仙術來替妳瞞騙過去？」

「聰明，這會兒你總算開竅了。」嫦娥彈了一下手指，稱讚著玉兔，同時也為自己的計謀感到得意。

「那妳說，就算妳有了替身，但妳又要如何溜入凡間？別忘了妳可是連踏出廣寒宮都無法踏出一步呢！」玉兔提醒著嫦娥。

嫦娥臉上的笑容擴大，她輕鬆地說：「今天不就可以離開了嗎？」

玉兔愣了一下，這才想到今天是王母娘娘的壽宴，眾仙子們都會齊聚一堂為王母娘娘祝壽。到時天庭場面混亂，人人忙著把酒言歡，那不正是開溜的好時機嗎？

「的確，今天確實是開溜的好日子。」玉兔大笑，心裡對嫦娥的計謀感到佩服。

「我今晚就出發，到時可要麻煩你照顧一下變成我樣貌的麻糬人嚕！」

「放心，我會幫妳的。只要麻糬人不要遇到水的話，一切都不會穿幫的。」玉兔的耳朵不斷地來回擺動著，似乎對今晚即將要做的壞事感到相當地興奮。

「我也會幫妳的。」吳剛的聲音冷不防又從樓下傳來：「妳放心去吧。」

吳剛明白愛一個人的那份心情，因為他已愛慕嫦娥多年，但是礙於天條規定神仙不

得相愛，於是吳剛卻步了，他只能把這份情感埋藏在心底深處。

沒想到後來卻出現了后羿，當他知道后羿和嫦娥相戀時，他佩服他倆的勇氣與堅定不移的愛情，如果換成是他，他不知道自己是否也能像后羿一樣，願意放棄神仙的生活。

而當他因犯錯被關進廣寒宮，得知嫦娥也被關在這裡時，他頗感訝異。在漸漸明白嫦娥與后羿之間所發生的事情後，他也想幫助嫦娥，他在內心衷心地期盼嫦娥這次的行動能夠成功。

嫦娥聽到玉兔及吳剛爽快地答應後，心中十分感動，眼淚又差點掉了下來。深深吸了口氣後，嫦娥難掩激動地對他們說了句：「謝謝。」

接著她望著窗外，手緊握成拳頭，在心裡想著：「快點開始吧，我已經等不及想趕快見到后羿了。」

而遠方忽明忽滅的銀色光芒，似乎正告訴著嫦娥：「別急，妳很快就能見到后羿了。」

第三章

歡樂KTV502包廂裡，此時正high翻天。

「一顆心噗通噗通的狂跳，一瞬間煩惱煩惱煩惱全忘掉……」

昏暗的燈光，震耳欲聾的音樂，三個拿著麥克風的人，正看著螢幕下方的歌詞聲嘶力竭地大聲唱著。其他沒拿麥克風的人也跟著邊張嘴賣力唱著，邊扭動著自己的身軀。前方桌上散亂著一堆空酒罐、食物、衛生紙。

音樂終了，大家都精疲力竭地倒在沙發椅上。

接下來抒情的音樂響起，石頭轉頭對身旁的阿浪說：「阿浪，這首歌換你唱，都沒聽見你的聲音，來，讓你solo一下。」說著一支麥克風也遞到了阿浪的面前。

「我不會唱啦！」阿浪推拒著。

「別裝了，拿去啦！手很痠耶！」石頭邊說邊將麥克風硬是塞進阿浪的手裡，阿浪眼看推拒不了，只好無奈地接下。

這時螢幕上出現了歌詞，阿浪站起身，看著倒數計時的小圓燈，抓準時機張開唇，用他那低沉的嗓音高歌了一曲。

「忘記你我做不到，不去天涯海角，在我身邊就好……

⋯⋯⋯如果愛是痛苦的泥沼，讓我們一起逃。」

阿浪一唱完，大家都給予熱烈的掌聲與歡呼。

「哇啊，想不到阿浪你的歌聲還不賴呢！真是深藏不露！」達哥吃了一根冷掉的薯條笑著說。

「看來不只要叫你神槍手，可能還要再多加個歌神的封號了。」石頭說。

「別鬧了，我哪有這麼厲害？」阿浪漲紅著臉說。

「學長你是真的很厲害呀！幹嘛老是不承認？我們這裡所有的人都沒你唱的好聽呢！」坐在幾名女警中間的嘉樺說。

「嘉樺，妳這話可傷了我們在場其他人的心耶，可不可以不要這麼偏心好不好？」達哥曖昧地說。

嘉樺對達哥吐了吐舌，並扮了張鬼臉。

「就是咩，妳都忘了王sir也在這裡呀，老人家的面子妳也給他顧一下，這樣以後大家才有好日子過。」石頭話才剛說完，便感受到一股殺氣，王sir的殺人視線正對準著他。

沒多久王sir便站起身，越過坐在兩人中間的小馬及建偉，準備來石頭身邊賞他個幾拳。

「你這個小兔崽子！連我的玩笑你也敢開，真是不想活了你！」王sir向石頭步步逼近。

石頭立刻從沙發上彈了起來，並在包廂裡東奔西竄。

王sir拿出他那鍥而不捨追逐歹徒的精神，狂追著石頭跑，雖然已經五十二歲的他體力大不如前，但最後石頭還是被他一把揪住耳朵，並給了他幾拳。

耳朵被揪住的石頭痛得眼淚都飆了出來，只能連聲哀求：「我不敢了啦，王sir，你放過我吧！」其他人看了都哈哈大笑。

「回家……回家……馬上來我的身邊……」來電鈴聲突然響起。

「啊！我媽打來了。」

阿浪拿起放在桌上的手機，繞過幾個人向外走了出去。等四周較為安靜後，阿浪接起那已經響到快爆炸的手機。

「喂，媽，我等等就回去了啦。」阿浪一接起來劈頭就說。

「你是在加班嗎？現在已經很晚了捏，別做太晚啦！早點回來，阿母很想你的。」

阿浪的母親——發來孀語氣裡滿是關心，但聽在阿浪耳裡卻閒囉嗦。

「沒有啦，今天沒加班，只是跟同事在唱歌而已。」阿浪不耐煩的解釋。

「唱歌？我還以為你會早點回來的說，早早就煮好飯菜在等你了。唉呀，現在都涼

了，而且要晚回來怎麼不早點說……」發來嬸叨唸的個性又開始發威。

阿浪趕緊說：「好啦好啦，我知道，我現在回去可以了吧？」

「快回來啦，我生意忙不過來了。唉呀，我覺得我好像有點操勞過度，頭有點暈暈的，你再不回來，大概要到醫院去看我了……」發來嬸開始打悲情牌。

「好啦，我現在就走，二十分鐘到，再見。」

「嗯，騎車小心點呀，再見。」發來嬸露出笑容。

阿浪掛上電話，回到502包廂裡。

包廂裡這時正撥著台語歌曲「海波浪」，這是一首情歌對唱，恰巧達哥和他女友剛唱完第一輪。一見到阿浪回來，達哥便對阿浪招手說：「阿浪，你回來得剛好，接下來給你跟嘉樺對唱。」

另一邊的嘉樺早已從達哥女友手中接過麥克風準備著，她看著阿浪心裡喜孜孜的。但沒想到阿浪卻搔著頭不好意思地說：「抱歉，我媽要我立刻回去，所以我要先走了。」

「唱完這首再走嘛，急什麼？」達哥將麥克風遞到阿浪面前。

「對呀，人家嘉樺都準備好了，唱一下嘛。」石頭附和著。

其實不只是石頭、達哥，局裡只要是有眼睛的人都看的出來嘉樺喜歡阿浪，他們不

僅極力幫他們牽線，也不停地提示著阿浪，想讓阿浪自己能發現。但阿浪卻像根木頭似的，不管他們怎麼幫忙、怎麼暗示，阿浪還是一副永遠搞不懂的模樣。

「不了，我必須回家了，你們唱吧。」阿浪推開眼前的麥克風，走到一旁拿起自己的外套，最後他站到大家面前說：「我必須走了，你們繼續玩，別因為我壞了你們的興致。」

「阿浪……」石頭原本還想多慰留一下阿浪，但王sir卻說：「石頭你別這麼盧好嗎？阿浪要走就讓他走吧。」

石頭撇了撇嘴，既然王sir都開口了，他也不好意思再說什麼。他轉頭看了一眼表情落寞的嘉樺，在心裡道歉著：「學妹，對不起，我已經盡力了。」

儘管心中無限失望，嘉樺還是堆出笑容說：「沒關係，他有事就讓他去吧。」接著嘉樺大聲嚷著：「來來來，我們其他人繼續玩，別停呀！說好了喔，今晚不醉不歸。」說完她便豪邁地猛灌了一口啤酒。

這時螢幕上的「海波浪」已經唱到了副歌，嘉樺越聽心情越差，於是她索性拿起遙控器將歌直接切掉。

眾人對嘉樺的舉動均感到傻眼，明眼人都知道她在不高興，但阿浪卻看不出來。

「那我走了，掰掰。」

阿浪走向包廂門口，而這時螢幕上正播放著最近的強打歌曲：「聽媽媽的話，別讓

她受傷，想快快長大，才能保護她……」

這首歌彷彿在諷刺著這一切。

踏出門口的同時，阿浪還回頭笑著補了一句：「玩得開心點呀！」這句話讓嘉樺的心裡更是難受，場面一時籠罩在一股低氣壓中。直到阿浪離開許久，這股低氣壓才漸漸散去。

＊＊＊

兩張一模一樣的臉孔，此時正出現在嫦娥的房間裡。

兩個人的五官外貌，甚至連穿著都一樣，簡直是一個模子印出來的。原來其中一個「假」嫦娥正是嫦娥使用她的仙術，利用玉兔的麻糬所變成的。

由麻糬所變成的嫦娥，臉上雖然面無表情，但卻會呼吸、會眨眼，簡直就跟活生生的人沒什麼兩樣。

「妳從今天起就代替我留在廣寒宮裡，等到我回來為止。如果有其他人來找妳或問妳話，妳就一律微笑點頭或是見機行事，知道嗎？」嫦娥對麻糬人叮嚀著。

「知道了。」麻糬人面無表情地回答。

「還有……這些衣服呀……」嫦娥拿起放在桌上竹籃裡的衣服，對著麻糬人說：

「這些衣服我不在時就麻煩妳縫補了。」麻糬人點了點頭，二話不說接過嫦娥手上的衣服，坐下來便拿起針線開始縫了起來。

嫦娥看麻糬人縫得還不賴，心裡鬆了一口氣，但她又怕自己是否遺漏了什麼忘了交代的，於是她的眼珠子便在房裡打轉，邊看著房裡的擺設邊思索著。

「叩叩叩！」有人正在外頭敲窗。

嫦娥趕緊抓起麻糬人的手，慌張地將她拉到床上，並放下帷幕將她藏在裡頭，轉身前嫦娥對麻糬人說：「待在這裡，別出聲。」

麻糬人機械式地點了點頭。

「叩叩叩！」敲窗的聲音再次傳來，不過這次還伴隨著玉兔的叫喚：「嫦娥？」

嫦娥聽見是玉兔的聲音，鬆了口氣。接著她來到窗邊，推開窗，低頭問：「玉兔，怎麼啦？」

這時窗外除了有玉兔的一對長耳朵之外，牠的耳朵上還捧著一盤剛做好的麻糬。

「嫦娥，我知道妳等等就要離開了，雖然我很捨不得，但我還是祝妳能成功。」玉兔將盤子遞到嫦娥面前說：「這裡有我剛做好的一些麻糬，給妳帶在身邊吃，妳就放心地去吧，我跟吳剛會好好照顧妳的麻糬人的。」

嫦娥看著那些白嫩嫩的麻糬，眼淚也跟著湧上了眼角。她皺了皺鼻子，並吸了口氣

第三章

讓自己堅強些，接著她大方接過盤子並說了聲：「謝謝。」

說完她拿起其中一顆麻糬大口地咬了一口，麻糬裡紅豆的香氣在舌尖擴散，入口即化的紅豆泥搭上軟Q的外皮，其味道堪稱一絕。

終於，她的眼淚掉了下來，不僅因為好吃的麻糬，更是因為玉兔及吳剛的幫忙。

「對了，嫦娥。」樓下的吳剛對嫦娥說：「妳千萬要記得下凡後，妳就不再是仙子了，別曝露了自己的身分。還有，在凡間仙術最多只能使用五次而已，妳使用時可得格外謹慎。」

多虧吳剛的提醒，嫦娥才想起還有這樣的限制，她將次數記下後便對吳剛說：「謝謝你，吳剛大哥，我會謹記在心的。」

這時遠方閃爍著一抹亮光，且亮光正逐漸靠近。一個身穿厚重鎧甲，頭戴千金鋼帽，腰上佩著一把寶劍的神官，正威風凜凜地駕雲而來。

「噓，有人來了！我就在此和你們兩位道別了，保重。」嫦娥低聲對樓下的玉兔及吳剛說。

「嗯。」

「嫦娥，祝妳一切順利。」玉兔本想伸出牠的長耳朵跟嫦娥來個give me five，但神官此時已近在咫尺，於是玉兔只好作罷。

「嫦娥、玉兔、吳剛……」神官聲如洪鐘的聲音傳來：「你們三個立即隨我到王母宮參加王母娘娘的壽宴，不得怠慢。」說完他從腰際掏出一塊金色令牌，並將令牌對著廣寒宮高舉起來。

說也奇怪，廣寒宮的四周竟顯現出一層半透明的保護膜，而這層保護膜密不透風地將廣寒宮緊緊包裹在裡頭。隨著令牌所迸出的一道光芒，保護膜忽明忽滅地閃爍了三下，然後就像泡泡一樣，「啵」的一聲破裂了。

神官收回了令牌，嫦娥、玉兔及后羿各自從自己的樓層裡飛了出來，並站上了神官腳底下的那朵雲，雲朵在三人同時跳上的那一瞬間左右晃動了幾下，接著神官便駕著雲朵從來時的方向飛了回去。

嫦娥站在雲朵上，一顆心早已飛到十萬八千里的地面那端去了。四個人在雲上均沉默不語，很快雲朵便將他們帶到了目的地——「王母宮」

王母宮裡燈火通明，每桌座位上早已坐滿了許多人，大家交頭接耳、開心地喝茶聊天，人聲鼎沸的模樣好不熱鬧。

嫦娥他們三人從雲朵上跳了下來，接著兩位負責接待的仙子便立刻迎上前來。

「嫦娥姊姊妳來了呀？來來來，妳的座位在這邊。」其中一位正是瓶兒，她一見到嫦娥，便高興地拉著她往一桌都是伺候王母娘娘的伺女座位上走去。

第三章

「玉兔、吳剛你們兩個的座位在這邊，隨我來。」另一位較年長的仙子說完便轉身帶著吳剛及玉兔往另個方向走去。

嫦娥在瓶兒的帶領下，在一張空位上坐了下來。

「嫦娥，好久不見。」坐在對面的一個伺女看著嫦娥說：「沒想到妳還是一樣那麼年輕漂亮，真讓人嫉妒呢！」

嫦娥看著說話的伺女，笑著回答：「心蘭，這麼久沒見，妳還是那麼愛開玩笑呀！」

「嫦娥姊姊，我還要去忙，等等我再過來找妳。」瓶兒插嘴。

「妳快去吧。」嫦娥點頭。

瓶兒轉身趕回門口，又繼續接待著其他陸續進來的客人。

「妳在廣寒宮裡過得好嗎？」心蘭問。其他同桌的伺女們，也都是嫦娥以前的朋友，她們都關心地看著她。

「不都老樣子，哪有什麼好不好的？」嫦娥簡單地回答，而此時她在心裡一直盤算著開溜的好時機。

「是喔。」心蘭換了個話題說：「妳知道嗎？我們在王母娘娘身邊呀，每天都是掃地、擦桌的，無聊死了！昨天瓶兒差點打破盆景的事，也不知道是誰這麼長舌？竟傳到王母娘娘的耳裡，幸虧王母娘娘不計較……」

心蘭劈哩啪啦一口氣說了一堆，其他同桌的伺女們都聽得津津有味，嫦娥雖然心不在焉，但她還是會微笑點頭，偶爾回應個幾句。

等全體都到齊後，王母娘娘也現身了，大家輪流說了些祝賀的話，接著便開始上菜，這些美味的佳餚，都出自仙界一流廚師之手。而玉兔的麻糬又喚作「千年白玉膏」也出現在餐桌上，成為大家大快朵頤的一道美食。

大家邊看表演邊吃美食，眼看眾人酒酣耳熱之際，場面的氣氛也來到了最高點。

嫦娥見時機來了，趕緊按著自己的肚子，發出哀吟：「唉唷……」

「嫦娥妳怎麼啦？」心蘭關心地問。

「不知怎麼搞的，我肚子好疼呀！」嫦娥的表情一臉痛楚。

「怎麼會這樣呢？」同桌的其他人都紛紛表示關心。

「要不要找神醫來看看？」說完馬上有人站起身，想去找坐在最前頭座位上的神醫。

「不，不用麻煩了，我想休息一下就行了。」嫦娥趕忙阻止，接著她吁了口大氣，讓自己恢復沒事的模樣。當大家鬆了口氣，以為她沒事時，她卻露出了個比剛才更痛苦的表情。

「別逞強了啦，嫦娥。」

第三章

「要不要我用仙術幫妳？」有人熱心地說。

「不，別浪費仙術，這不過是一點小事而已，更何況大家今天開開心心地幫王母娘娘祝壽，勞煩神醫驚動大家，似乎不是個明智之舉，所以我想我回去休息個一下便行了。」嫦娥說。

心蘭見嫦娥一副堅持的模樣，只好說：「那好吧，妳回去好好的休息一下。」

「妳自個兒回去沒問題吧？要不要我陪妳？」有人問。

「別麻煩了，我沒問題的。」為了避免久留而露出馬腳，嫦娥已站起身準備離開：「那麼我回去了，你們慢聊。」

嫦娥就在同桌的伺女們關愛眼神的目送下，按著肚子，拱著身，拖著腳步緩慢地離開了王母宮。

站在門口的兩個守衛，此時早因喝下了幾瓶烈酒而醉得滿臉通紅，連站都快站不穩了。

嫦娥站直了身，恢復正常的模樣，她躡手躡腳地悄悄經過一個半瞇著眼、邊打著盹兒的守衛，心裡萬分緊張。因為照理說她是不能擅自離開的，必須要通報守衛，再由守衛連絡神官來將她護送回去。

嫦娥眼看機不可失，果真和她預料的一樣，大家都放鬆了戒心，連門口的守衛也醉得一蹋糊塗。

當她順利通過守衛，才正要鬆口氣的同時……

「站住！妳想去哪？」

嫦娥嚇了一跳，驚得連忙回頭，一臉尷尬。

「阿花，我好想妳喔……阿花……」

原來那位叫住嫦娥的守衛正在說夢話，只見他抓了抓自己的脖子，換了個舒服的姿勢又繼續打起盹兒來。

嫦娥瞧明白後這才鬆了口氣，她輕笑了一聲，為自己的幸運感到不可思議。

接著她來到了雲的末端，從這裡可以看到底下一望無際的黑暗，嫦娥知道這下面就是陸地，也就是轉世後后羿所在的地方。

她毫不猶豫縱身一躍，身體先是自由落體向下墜落個一千公尺後，將著她便輕飄飄地站在高空中，此刻她已經離開了天庭所管轄的範圍，接下來她所要做的事情就是找到后羿。

「人海茫茫，你究竟在哪呢？」

嫦娥從生死簿上頭只知道后羿在一個叫做台灣的地方，但是台灣在哪兒？嫦娥卻一點概念也沒有。

嫦娥焦急了起來，望著四周黑壓壓的天空，不知東南西北。

第三章

她心想：「如果不能找到后羿的話，那麼我私自下凡就一點意義也沒有了。但重點是，我又該如何找到他呢？」

沒多久嫦娥想到了方法，她彈了一下手指說：「對喔，我可以使用仙術呀！反正可以使用五次，只要我接下來小心使用不就好了！」

當嫦娥比劃起手勢，準備讓自己直接降落到后羿身邊時，這才想到她這個模樣出現，鐵定會嚇死他的。況且她必須保密自己是仙女的身分，才能暗中幫助后羿渡過死劫，於是她先用仙術將自己身上的穿著變化了一下。

在一陣光環包圍過後，嫦娥身上的穿著換成了T恤、緊身牛仔褲，四散的長髮被一條髮束簡單地綁了起來，整個人看起來清爽多了。

嫦娥低頭看著自己的穿著，心想：「現代人的穿著可真怪！」但嫦娥知道自己這趟來可不是來觀光的，更不是來推動什麼國民外交，所以她必須趕緊適應這一身奇怪的穿著才行。

最後，嫦娥再度施展仙術，沒多久她的身子便消失在夜空中。

＊＊＊

一台野狼快速地在道路上飛馳著。

在穿過一個車水馬龍的十字路口後，摩托車在第二個路口右轉，駛進一條漆黑無人的小路。

這條路是阿浪每回騎車時必走的捷徑，不僅不用跟一堆大車子在路上擠來擠去，還可以快速到家。雖然小路兩旁盡是荒涼無人管理的墳墓，且一路上只有幾盞微弱的路燈，其中幾盞燈泡還忽明忽滅，隨時都有熄滅的可能，但他還是喜歡走這條路回家。

「回家……回家……馬上來我的身邊……」

手機鈴聲從阿浪褲子的後方口袋響起，在這寂靜偶有幾聲蟲鳴低吟的小路裡，鈴聲顯得格外刺耳。

「呿，真是麻煩！」騎著摩托車的阿浪抱怨著，他並沒有停下來接手機的意願，相反的，他催緊了油門加快了這台野狼的速度。

這時車子來到一個路段，路旁的燈泡剛好全壞，雖然視線不良，但阿浪憑著自己對這條路的熟悉度，他絲毫沒有慢下來的打算，一台小野狼被他催得發出陣陣狼嚎。

原本已經不再響的手機，偏偏在這時又響了起來。

阿浪受不了母親的連續狂call，正分了心，騰出自己的一隻手，伸到後頭想拿出口袋裡的手機來接聽。但就這麼一分神，當他再次抬頭時，他嚇壞了。

眼前不知從哪冒出一個女人，當車燈打在她臉上時，她滿臉驚恐。

阿浪趕緊雙手轉著龍頭閃避著。

第三章

「吱……」

緊急的煞車讓輪胎與地面磨擦，發出了刺耳的聲音。

「啊！」

伴隨著一聲女人的尖叫，阿浪覺得自己的身體在傾斜。接著一聲碰撞，身子便騰空飛了起來，在空中轉了一圈後，便重重摔在柏油路上，阿浪登時覺得眼冒金星。

「你沒事吧？」

一隻白嫩的手出現在阿浪的眼前，順著手臂往上看，阿浪頓時目瞪口呆。

在那一剎那，他看見了一位身穿古代服飾、裙襬飄飄、五官細緻的仙女，而這位仙女正伸出藕臂，對他報以羞赧的笑容。

阿浪的嘴不知不覺張得老大，整個人呆愣地坐在地上，腦細胞完全當機無法思考，而這位讓他目瞪口呆的美女正是化身為凡人的嫦娥。

「仙女……」阿浪終於吐出了這兩個字。

嫦娥開心地看著坐在地上的阿浪，她的仙術將她送到這裡，沒想到一轉頭便驚見一個發著亮光的怪物朝著她急衝而來，嫦娥嚇了一跳。不過當她看清楚坐在怪物上頭的人時，她便露出微笑，高興極了，因為后羿的臉孔她是怎麼都不會忘掉的。

嫦娥看著呆坐在地上的阿浪笑得燦爛，差點就想撲上前將他緊緊抱住，但是又怕這

舉動會嚇壞了阿浪，因此她只伸出手想扶起地上的他。

阿浪揉了揉眼，眼前仙女的影像霍然消失，取而代之的是一位身穿T恤、牛仔褲，頭上綁個馬尾的年輕女人。

「原來剛剛是幻覺呀……」

阿浪心中有點失望，但他還是對眼前的女人感到相當吃驚，因為她真的是美得過分，美得太過失真，簡直宛若仙女下凡。

當阿浪回過神來時，這才發現自己還坐在地上的窘樣，他趕緊收起內心的驚艷，恢復了正常。他沒理會嫦娥還懸在半空的那隻手，自個兒站起身來，拍拍身上的灰塵，接著他轉身將自己心愛的野狼從地上扶起，並仔細地查看他的愛車是否有任何損壞。

嫦娥收回手，靜靜地看著阿浪的背影，眼角噙著淚水，臉上盡是滿滿的笑意。

「幸好，幸好我的車沒什麼大礙，否則妳可要倒大楣了！」阿浪拍拍手上的灰塵，轉過頭來嚴厲地對嫦娥說。

嫦娥不明白阿浪在說些什麼，她只一個勁地笑著，心中充滿著終於見到后羿的感動與喜悅。

「妳不知道站在路中央是很危險的嗎？剛剛我差點撞到妳了，妳知不知道？還笑？虧妳還笑的出來。」阿浪嚴厲地斥責嫦娥。

第三章

阿浪回想起剛剛的驚險一瞬間，其實他只看到一個人突然冒出來，但卻沒看見她究竟是從哪跑出來的，就像是憑空迸出來的一樣。不過阿浪寧可相信自己剛剛一定是沒仔細注意，也不願懷疑對方是不是「阿飄」這種特殊身分。

嫦娥想起以前的后羿總是脾氣暴躁，動不動就會不耐煩地斥責她笨手笨腳的，往事歷歷在目，彷彿昨日才發生，令嫦娥的眼淚忍不住掉了下來。

「別以為哭我就會心軟！」

阿浪真搞不懂眼前這個女人，一會兒哭一會兒笑的。

「喂，妳，住哪？怎麼會一個人在這種地方？身分證拿出來看看。」

眼看嫦娥一副無動於衷的模樣，阿浪真懷疑她是不是被嚇傻了，還是其實是個啞巴？

「回答呀？以為不說話就沒事啦？」阿浪的語氣咄咄逼人。

剛剛那一摔他是沒什麼大礙啦，不過他的寶貝愛車可是新車耶！側邊那一道長長的刮痕，讓阿浪心痛得不得了，因此他對嫦娥說話的口氣不是很好。

原本還沉浸在興奮情緒中的嫦娥，這才察覺到阿浪正和她在說話，於是她牛頭不對馬嘴地說：「后羿，別來無恙……」說完她才驚覺自己不該叫他后羿才對，於是她趕緊又說：「奴家名喚嫦娥，幸會了。」說完又綻開一抹甜甜的笑容。

阿浪雖然覺得嫦娥笑起來很美，讓人忍不住想捧在手心好好疼惜，不過礙於警察

的身分，他還是就事論事地冷著臉對她說：「別想跟我打哈哈蒙混過去，身分證拿出來。」

「那是什麼？」

阿浪真懷疑他是不是遇到了什麼火星人，怎麼好像有很嚴重的代溝。

「沒有？那妳準備要去吃牢飯了。」

「牢飯？牢飯好吃嗎？好呀，我們一道去嚐嚐。」嫦娥天真地回答。

阿浪聽了差點沒昏倒，眼前這個女人是不是腦袋有問題呀？虧她長得這麼漂亮，可惜卻是個傻子。

「唉，上帝果然是公平的！」阿浪忍不住在心裡惋惜。

「妳家在哪？」

阿浪心想既然她是個傻子，那她這樣跑出來，她的家人一定很著急。反正都讓他給碰上了，如果不管她，還真不知她會惹出多少麻煩，可以的話乾脆送她回家算了。

「家？」嫦娥一時間不知該如何回答才好。

「對，就是家。」阿浪怕嫦娥不懂，又進一步解釋：「家也就是妳住的地方，住的地方妳懂嗎？」

見阿浪一臉不耐的模樣，嫦娥沒法，只好怯怯地伸出手指向天空。她心想他們以前的家已經沒了，現在她的家應該就是廣寒宮吧，儘管那個家根本是個牢房。

第三章

阿浪見嫦娥伸手指向天空，更加認為他遇到一個精神不正常的女人。

此刻阿浪褲子後頭的手機又再度響起。

嫦娥被這聲音嚇了一跳，驚疑地左右張望，試圖想找出聲音的來源。

阿浪看嫦娥這副模樣，既無奈又覺得好笑。他從褲子後頭拿出手機，接起電話：「喂，媽，我已經在路上了啦，剛剛出了點意外，不過我沒事。」

「意外？怎麼會這麼不小心呀？唉唷，我不是叫你騎慢點的嗎？真是的！每次跟你講什麼你都沒在聽……」電話那頭發來嬸的聲音嘰哩呱啦地不斷傳來。

嫦娥瞪著大眼，好奇地看著阿浪講手機，在嫦娥眼中真覺得不可思議，就像在施展奇怪的法術一樣。

「好啦好啦，我馬上回去。」阿浪掛上電話後，又補了一句：「真是嚕嗦！」

阿浪抬頭看著眼前仍對他不斷傻笑的女人，一時間他還真不知該拿她如何是好，是該帶她去警局呢？還是該載著她到附近挨家挨戶的詢問？可是這樣勢必又得花費不少時間，而他的母親又不斷地在催著促他回去。

「唉，女人真是麻煩！」阿浪在心裡咕噥著。

他想了一下，對嫦娥說：「我現在有事，沒辦法帶妳回家，妳先跟我回去吧，明天我再陪妳去找妳的家人。」

嫦娥心想：「我唯一的家人就是你。」但她沒有說出口，只是點了個頭。

阿浪跨上機車，對嫦娥說：「上車吧。」

嫦娥看著阿浪口中所謂的「車」，內心更是對現代文明感到不可思議，接著她學阿浪上車的方式坐到了後座。

「抓緊我，否則掉下去我可不管。」

嫦娥開心地一把緊抱著阿浪。阿浪一開始被嫦娥的舉動給嚇到，沒想到她居然沒有一點防人之心，就這樣大方地緊抱著一個陌生男子。

「幸虧我不是壞人，不然妳可就難逃狼爪了。」阿浪心想。

原本阿浪想叫嫦娥別抱得這麼緊，但不知道為什麼，阿浪覺得她的擁抱有一股熟悉的感覺。阿浪為此感到不可思議，明明是個素未謀面的陌生人，卻在短短幾分鐘內竟有種認識了許久的感覺，這真是太詭異了！

也因為這樣，阿浪便任由嫦娥緊抱著他，而他則繼續騎著車，踏上回家的路程。

一路上，阿浪都在想著為什麼他會有這種奇怪的感覺，但在抵達家門口前，他都還是一直想不透。

第四章

阿浪的車在一家「滿再來餅舖」前停了下來。

這是一棟三層樓高的水泥建築，一樓是店面，二、三樓則是住宅。

坐在店裡頭的發來嬸，正打著呵欠，無聊地看著門口。在看到兒子身影的那一刻，發來嬸站起身，趕緊上前開門出來迎接。

「阿浪，你終於回來了呀，阿母想死你了！」發來嬸上前緊抱著阿浪，高興得眼淚都快掉了下來。

「你看你，怎麼瘦成這樣？是有沒有好好吃飯呀？來來來，快進來，讓阿母來給你好好的補一補……」

這時發來嬸突然看見阿浪的身後有個人，她先是嚇了一跳，當看清楚對方的臉孔後，她露出了開心的笑容。

發來嬸心想：「沒想到這次阿浪還真聽話，叫他帶女朋友回來，還真的給我帶了一個回來！瞧瞧，還美的勒，真不愧是我兒子！」

阿浪沒注意到發來嬸臉上詭異的笑容，他將車停好後，便對身後的嫦娥說：「我家到了，那是我媽。」

嫦娥下了車，對著眼前這位阿浪的母親，某個程度來說也算是她的母親，一時間她竟忘了自己現在的身分，順口便叫了聲：「娘。」

阿浪聽了差點沒暈倒，他趕緊糾正嫦娥：「叫伯母就行了。」

嫦娥發覺自己不該如此稱呼時，發來嬸已經笑容滿面地上前拉著她的手說：「叫娘似乎還早了一點，不過也不算晚啦，不然再多叫個幾聲來聽聽。」

嫦娥愣愣地聽著發來嬸的話，阿浪則是瞪了發來嬸一眼，暗示她別亂說話。

發來嬸知道自己的兒子在生氣了，她拍了一下自己的腦袋說：「唉呀，我真是老糊塗了，不知道自己在胡言亂語些什麼？」接著她轉頭對嫦娥說：「總之，妳叫我伯母就好了，來來來快進來吧。」

「伯母。」嫦娥心想這大概是現代人對長輩的一種尊稱吧，於是在心裡暗記了下來。

發來嬸拉著嫦娥的手進了門，阿浪尾隨在後。

一進門嫦娥便管不住自己的眼睛，開始東張西望，饒富興趣地打量著屋內的環境，對阿浪所生長的環境感到相當地好奇。

阿浪環顧店裡四周，架上月餅一盒盒整齊的排列著，且月餅還有多出來的趨勢，只見像山高般的一盒盒月餅，寂寞孤零地閒置在角落，四周還蒙上了一層厚厚的灰塵。

第四章

阿浪見這情況，忍不住問發來嬸：「媽，這是怎麼回事？妳不是說店裡很忙，要我趕快回來幫忙的嗎？怎麼我完全看不出來有很忙的樣子？怎麼？今天生意不好啊？」

發來嬸瞪了阿浪一眼說：「我不這麼說，你會早點回來嗎？」

接著發來嬸看著那堆賣不出去的月餅重重地嘆了口氣說：「生意不是不好，而是慘到已經快要關門大吉了……」

一聽到「快要關門大吉」這幾個字，阿浪焦急地問：「怎麼會？發生了什麼事？」

這家「滿再來餅鋪」可是從阿浪的祖父這一代就開始流傳下來，本持著手工精心製作、無添加任何防腐劑與獨特傳統風味，因而在50年代小有名氣。當時生意興隆，前來店裡的客人更是川流不息。

傳承到阿浪的父親這一代時，父親更是延續祖父的製作方法，謹守本分地賣著產品。直到父親在阿浪十五歲那年因車禍過世，才由發來嬸來接手。

發來嬸一心希望阿浪能夠接手經營這家餅鋪，但是心高氣傲的阿浪哪肯屈就於整天待在店裡只是賣賣東西而已。儘管阿浪不願接手，但他還是不希望看到自己祖父及父親經營五十多年的老店就此倒閉。

發來嬸無奈地說：「這個月這條路上開了一家『金正香餅店』，從開幕到現在生意天天好得不得了。哪，就在那邊那個路口的轉角。」發來嬸邊說邊指了個方向。

阿浪踏出門口，朝著發來嬸所比的方向看去。

「金正香餅店」大大的紅色招牌正醒目地高掛在這條路的轉角上頭，而來來往往的顧客更是多到車子無處可停，只能暫時亂停在路邊。

阿浪看了一眼，便明白這是間連鎖經營的餅店，印象中他記得對方的老闆似乎來頭不小，而且還頗有商業頭腦的，每日的報紙、電視廣告上都一定會有他們家商品的宣傳。

「這家店只是很懂得行銷手法而已啦，他們的餅哪有我們這傳承五十多年的老店來得好。」阿浪說。

「可是前天隔壁的邱太太拿了一塊他們家的餅給我吃，還蠻好吃的說！聽說他們聘請的都是一流的師傅，而且還有團隊在進行研發，哪像我們這種小店，有人肯踏進來就很了不起了。」發來嬸說完又嘆了口氣。

「媽，妳別灰心，一定會有辦法的啦。我們家的餅又不一定會輸給他們，再說這可是爸……」

發來嬸揮揮手，阻止阿浪繼續說下去，她不想再繼續談論這個話題，那只會令她的心情更加不好而已，於是她說：「別再說了，肚子餓了吧？走，我們到後頭吃飯去，我可煮了好多你愛吃的菜呢！」

發來嬸轉頭問嫦娥：「妳叫什麼名字？跟我們家阿浪認識多久啦？」

第四章

「我……」嫦娥才剛開口，阿浪便接口說：「她叫做……叫做什麼鵝的……」

阿浪氣自己腦袋不靈光，又為剛剛知道家裡的店可能面臨倒閉的事實而煩憂，於是他口氣不太好地問嫦娥：「喂，妳叫什麼名字？」

「我叫嫦娥，我……」嫦娥才剛說完她的名字，阿浪就馬上對發來嬸說：「對了，嫦娥就是她的名字，還有妳別想歪了，她跟我不是妳想像中的那種關係，她只是我路上撿回來的。」

發來嬸聽了有些失望，但她還是問：「什麼撿回來的？你給我說清楚。」

於是阿浪便將剛剛路上的經過簡單地說了一遍，最後他說：「事情的經過就是這樣，所以今晚她會在這裡住個一晚，明天我再想辦法。」

發來嬸聽完頗為失望，她看著身旁的嫦娥，心想美麗的嫦娥如果能和他兒子在一起的話不知道有多好。但聽兒子的描述，她對嫦娥可能有點精神不正常感到有點害怕，不過看嫦娥的模樣又似乎看不出她到底有哪邊不正常。

一直站在阿浪身邊的嫦娥，早在一進門時，就被發來嬸音響裡正播放著鄧麗君的歌曲所吸引。在阿浪與發來嬸解釋路上發生的經過時，她的一顆心早已融入歌曲的意境中，旁若無人地閉起眼細細聆聽起來。

在聽見後來播放的一首曲子時，嫦娥的內心更是感到震撼。這首歌名叫做「但願人長久」，本是蘇東坡的一闋詞，用來抒發對弟弟的懷念之情，也可說在中秋之夜，對天

下人所表示的美好祝願，後來則被鄧麗君及王菲等人唱成歌曲。

這詞是這樣的：

「明月幾時有？把酒問青天。
不知天上宮闕，今夕是何年。
我欲乘風歸去，又恐瓊樓玉宇，高處不勝寒。
起舞弄清影，何似在人間！
轉朱閣，低綺戶，照無眠。
不應有恨，何事長向別時圓？
人有悲歡離合，月有陰晴圓缺，此事古難全。
但願人長久，千里共嬋娟。」

鄧麗君的歌聲，以婉轉清亮的嗓音將之娓娓唱出，嫦娥聽著聽著眼淚也不知不覺順著臉龐滑落了下來。

「此曲只應天上有，人間能得幾回聞？」嫦娥說完接著便泣不成聲。

嫦娥想起自己與后羿，一個在天上，一個在人間，兩人只能遙望著同一顆月亮，彼此卻不能見面的那份痛，在她內心裡瞬間擴散，頓時這幾千年來的愁苦一下子全湧了上

第四章

來，眼淚也因此一發不可收拾。

發來嬸及阿浪在看見嫦娥突然哭成這樣，一時間兩人皆是愣住。但當發來嬸明白嫦娥原來是聽了鄧麗君的歌曲，才感動成這副德性時，她也跟著哭了起來。

「知音，妳真是我的知音呀！」

發來嬸一把抱住嫦娥，邊拍著她的背，邊抹著自己的眼淚說：「沒想到妳跟我一樣都是鄧麗君的頭號粉絲呀！這歌真的很好聽，對吧？」

嫦娥點了點頭，習慣性的動作讓她伸手想從懷裡掏出手絹出來拭淚，但摸了個空，這才發現自己已變了身裝扮，手絹當然也就不在身上啦。

阿浪瞪著在他面前哭得莫名其妙的兩個女人，不知該怎麼辦才好。

「人生最難得可貴的事，便是能碰上知音呀！」發來嬸兩手拉著嫦娥的手說：「妳看妳要留多久都沒關係，儘管把這裡當成自己的家吧！」

「謝謝伯母。」嫦娥感激地睇了發來嬸一眼。

接著兩人就像久違重逢的老友一樣，彼此又再度抱在一起哭個不停。

阿浪見眼前兩個女人完全不把他當作一回事，氣得大步走到音響旁，一把便將還在播放中的音樂給關掉。

當音樂嘎然而止的瞬間，嫦娥與發來嬸也停止了哭泣，雙雙轉頭看著阿浪。

「你們兩個有完沒完呀？」阿浪瞪著嫦娥說：「我有說要讓妳長住下來嗎？」接著

他又轉頭對發來嬸說：「媽，妳也真是的！不要隨便亂下決定好嗎？人家的家人說不定正擔心地到處找她呢！」

發來嬸扁扁嘴不答話，她好不容易才遇到一個和她一樣懂得欣賞鄧麗君歌聲的知音，卻被自己的兒子給潑了桶冷水。

發來嬸用手抹抹臉上的眼淚，對嫦娥輕聲說：「餓了吧？走，我們到後頭吃點東西，別理他。」說完便逕自牽著嫦娥的手往後頭走，留下一臉怒氣的阿浪。

穿過一串串竹珠子所編成的門簾後，他們來到了廚房。

嫦娥看了看廚房，廚房裡有張圓形大餐桌，上頭擺了五菜一湯，而餐桌的後方有個比人還高的黑色木櫃，裡頭擺放著許多精美的瓷盤。木櫃旁則有一台兩門冰箱，冰箱上還貼了張食物熱量表，最後再過去就是流理台以及瓦斯爐。

發來嬸帶著嫦娥在餐桌旁的一張圓凳上坐了下來，接著她便到牆邊的飯鍋旁添了三碗飯。阿浪在這時走了進來，他臉色難看地一屁股坐在嫦娥身旁的圓凳上，接過發來嬸所遞來的白飯，便低頭吃了起來。

當阿浪還在氣母親在外人面前漏他的氣，甚至還亂做決定時，他突然瞥見一雙筷子夾了塊糖醋魚肉放進他碗裡。

他停止了咀嚼並看著那雙筷子的主人——嫦娥。

嫦娥對阿浪溫柔一笑，並說：「別光顧著吃飯，這塊糖醋魚肉可是你最愛吃的，多吃點。」

阿浪看了一眼自己碗中方才嫦娥所夾的那塊魚肉，然後他抬起頭滿臉狐疑地問：「妳怎麼知道我最愛吃糖醋魚？」

發來嬸聽了也好奇地問：「你們真的只是才剛認識而已嗎？」

嫦娥慌張地解釋：「喔……因為那個喔……我剛剛聽見伯母說做了一桌你最愛吃的菜，所以我猜想你應該喜歡吃糖醋魚吧，沒想到就這麼剛好猜中了。」說完嫦娥尷尬地笑了笑。

「嗯……真的被妳猜中了。」

阿浪邊將碗裡的糖醋魚肉一口吃下，邊在心裡想：「奇怪，為什麼我一直對她有股熟悉的感覺。她不但能猜中我喜歡吃什麼，而且我竟然可以很自然的在她面前展現我的喜怒哀樂，不會想刻意去掩飾。我到底是怎麼了？」

阿浪在一邊心想的同時，又接連吃了好幾口嫦娥所夾過來的菜。

嫦娥笑容滿面，覺得能再度與后羿一同吃飯，像在作夢一樣。而一旁看在眼裡的發來嬸更是笑得開心，她心想：「看樣子，阿浪就快要有老婆了，真是祖上保佑呀！阿浪他爸你終於可以安息了。」

＊＊＊

飯後，嫦娥幫發來嬸收拾了一下，接著發來嬸便帶著嫦娥上二樓去看她今晚所要睡的房間。

阿浪跟著上樓，在樓梯間他又猛然想起店裡的事，於是他對發來嬸說：「媽，對於關店這件事……」

發來嬸一聽到這個，眉頭又立刻皺了起來，她揮揮手說：「別提了，早點收起來損失比較不那麼慘重，否則你看看樓下那一盒盒月餅要給誰吃呀？」

阿浪見母親不聽他勸，又想到祖父與父親所辛苦經營的餅舖，就即將要毀在他這一代時，他的心情就沉到了谷底，整個人悶悶不樂。

嫦娥知道孝順的阿浪正為家裡的生意發愁，她不願見他為此苦惱的模樣，於是低頭思忖了一下後，她抬頭對發來嬸說：「伯母，關於店裡的事，我想我可以幫忙。」

「幫忙？」

發來嬸及阿浪先後停下了腳步，轉頭看著語出驚人的嫦娥。

「妳能幫什麼忙？」發來嬸又問。

阿浪一臉驚訝地看著眼前的嫦娥，他心想：「這女人實在令人摸不透，說她精神不正常嘛，好像也不是，不過倒是常會說一些奇怪的話，真令人搞不懂！」

第四章

「我可以幫你們的餅舖起死回生。」見發來嬸及阿浪一副不懂的模樣，嫦娥進一步解釋：「我的意思是說，我曾經學過做餅的功夫，而且我父母在這方面鑽研上頗有心得，甚至還研發了獨特的口感，相信絕對不會輸給對方的。」

阿浪及發來嬸兩人互看了一眼，心裡均對嫦娥說的話感到半信半疑。

「不信的話，你們可以讓我試試。」嫦娥信心滿滿地說。

「媽，妳就讓她試看看嘛，否則我是不會甘心就此關店的。」阿浪努力地說服發來嬸，不知道為什麼連阿浪自己也覺得不可思議，因為他居然選擇相信嫦娥，一個見面還不到兩小時的女人。

「可是過完今天就不是中秋節了……」發來嬸猶豫著。

「誰說只有中秋節才能吃月餅的，更何況我們賣的又不是只有月餅而已。」阿浪說。

「嗯……好吧。」發來嬸見阿浪替嫦娥說話，她說服自己反正橫豎都是倒，倒不如就豁出去，讓嫦娥試看看吧。於是她對嫦娥說：「等等我再帶妳去另一邊的工廠看看，現在我們還是先去看妳的房間吧。」

阿浪見母親終於妥協，露出了開心的笑容。嫦娥見狀，也跟著感到高興。

三人上了二樓，在經過一間敞開的房門時，發來嬸停下腳步轉身向嫦娥介紹：「這

間是阿浪的房間，他的隔壁有一間空房，妳呢，今晚就睡在那。」

嫦娥點點頭，發來嬸又繼續向前走。

嫦娥趁經過阿浪房門口時，順勢看了一下裡頭的擺設。房間不大，牆壁上貼滿了許多無敵鐵金剛的海報，而床頭櫃上則擺了一排鋼彈模型，乍看下還以為是個小男孩的房間呢！

嫦娥為阿浪的可愛笑了出來。她想起從前的后羿也是喜歡收集一些奇形怪狀的石頭，或是利用一些樹枝做成屬於自己的玩具，每樣都當成寶似的，裝在一個鐵盒裡藏在床底下，想不到投胎轉世後的他還是一個樣子。

見嫦娥看著他的房間在笑，阿浪紅了臉，趕緊將房門關上，並大聲指責她：「有什麼好笑的？妳懂不懂禮貌呀？」

「對不起，我不是故意的。」嫦娥雖道歉，但仍是滿臉笑意。

發來嬸白了個眼，一副受不了的模樣對阿浪說：「哼，不看就不看，都老大不小了，還收集一些小孩子的玩意兒，真丟臉！」說完便拉著嫦娥的手來到隔壁房間。

這間房間雖然比阿浪的還小了些，但麻雀雖小卻五臟俱全，該有的通通都有了，床、被子、桌椅、廁所，沒有任何華麗的裝飾，只有簡單與樸實。

嫦娥不奢求能住多好，她對發來嬸說：「謝謝伯母，我很喜歡。」

「這間房間本來是當作倉庫用的，後來因為三樓太熱，我就把這裡整理整理，夏天

時就下來二樓這裡睡，不過既然妳來了，這房間就暫時讓給妳吧。」發來嬸邊說邊走到窗邊，將窗戶打開，讓空氣流通一下。

「謝謝。」

「別謝了，反正只是住一晚而已，明天妳還是要走。」阿浪不在乎地說。但他內心卻有種渴望，他居然想永遠將嫦娥留下來，他對自己突然萌生的這個念頭感到不可思議。用力甩了甩頭後，他便轉身離開。

嫦娥望著阿浪離去的背影愣愣地出了神。

「浴室在這裡，如果妳要洗熱水的話……」原本還在介紹房間的發來嬸，轉過身來發現嫦娥竟望著已沒了阿浪身影的門口，一副失神的模樣，發來嬸笑著從後面接近嫦娥問：「嫦娥呀，妳是不是喜歡我們家阿浪呀？」

嫦娥嚇了一跳，趕緊轉過身來，她滿臉通紅地不知該如何回答。

發來嬸見嫦娥這模樣，心中大喜，連忙拍胸脯說：「妳別擔心，包在伯母身上，伯母一定會幫妳的。」說完發來嬸在心裡想：「哼，要等那個傻小子娶妻生子，還不如老娘親自出馬比較快。」

嫦娥不明白發來嬸的意思，只見發來嬸一副雄心壯志的模樣，她也不好意思多問。

「等等我會拿些盥洗用具還有衣服過來給妳。」發來嬸環顧了一下房間，覺得沒有其他的事要交代後，便對嫦娥說：「既然房間看完了，那我們就到後面的工廠去看看

吧。」

嫦娥點頭，於是發來嬸帶著嫦娥回到了一樓。

他們穿過廚房，推開後門，後頭緊鄰著一間小型工廠。

「這後頭原本是我們種一些蔬菜水果的地方，後來阿浪的祖父便在這裡蓋了間小型工廠，現在的員工只剩我一個。以前生意好的時候，這裡還請了五、六個幫手來幫忙，那時候可熱鬧的哩！唉，現在時機不好，大家只能隨人顧性命嚕！」發來嬸拿出身上的鑰匙開了門，接著打開燈，燈管立刻一排排亮了起來。

嫦娥踏進屋內，看著這間伯母口中所謂的工廠。工廠並不大，但裡頭卻有著一堆嫦娥從未見過的器具，此外空氣中還飄散著麵粉的香味，讓人一聞肚子又忍不住餓了起來。

「來，口罩給妳。還有這個，頭巾及圍裙。」發來嬸從一旁的櫃子上拿來兩副口罩、頭巾及圍裙，一套遞給嫦娥，一套自己穿了起來。

嫦娥學著發來嬸的動作，將這些東西一一穿上。

等嫦娥穿戴好後，發來嬸指著放在牆邊的塑膠編織袋說：「麵粉全放在那邊。」然後她走到工作台旁，指著上頭的器具說：「桿麵棍放在這，還有……」

「不用，用不著介紹了。」

發來嬸聽嫦娥這麼說，她好奇地問：「既然如此，那妳能不能告訴我，妳到底想怎麼做？」

嫦娥神秘一笑後說：「不好意思，這是祖傳秘方，先祖曾告誡我絕不能透露，所以……」見發來嬸一臉擔心的模樣，嫦娥又說：「伯母妳放心，我絕對不會讓妳失望的，妳只需告訴我，妳究竟需要多少的量那就夠了。」

發來嬸歪頭想了一下，接著她伸手比了個五說：「那麼就五十盒怎麼樣？如果妳不行或是需要幫忙的話儘管說。」

「五十，那簡單，不如五百如何？」

「五百盒？妳一個晚上做的出來嗎？」發來嬸驚訝地問。

「可以，相信我。」嫦娥一臉自信。

「那……好吧。」發來嬸轉身從櫃子上拿來一盒已經包裝好的成品給嫦娥看：「這是做好要販售的樣子，五百盒妳真的可以嗎？」發來嬸不放心地再問一次。

「沒問題。夜深了，伯母您就先去歇息吧，我一個人可以的。」嫦娥邊說邊將發來嬸推出了門口，接著「砰」一聲便從裡頭將門給鎖上了。

發來嬸無可奈何，搥了搥肩頸，轉身正準備回房睡覺時，卻撞上了迎面而來的阿浪。

阿浪見只有母親一個人，便問：「她人呢？」

「她喔，她將自己關在裡頭，一個人打算在明天之前做出五百盒月餅出來，你看看她是不是瘋了呀？」

阿浪聽完氣得上前拍門大叫：「喂，妳，叫什麼鵝的，快點開門聽見沒有？」

嫦娥不理會外頭暴怒的阿浪，她先是環顧了一下四周，接著喃喃自語說：「幫他們解決店裡的問題，用一下仙術應該沒關係吧？不過接下來可不能再隨便亂用了，必須等到危急之際才能使用。」

說完嫦娥先是從手裡變出了玉兔送給她的麻糬，當時她只吃了一粒，現在手邊還剩四粒。嫦娥其實對做餅的事一竅不通，但因為樓下住的是玉兔，無聊時她便常向玉兔請教些關於做菜、烹飪的事情，久而久之，她也多少知道一些做餅的訣竅。

她知道要做出一個好吃的餅，關鍵就在於麵糰，若能用老麵來做的話，那麼口感與滋味便會非常順口好吃。而玉兔的麻糬所使用的，正是由千年老麵所製成，於是乎，若能使用這老麵來做餅的話，那口味肯定是一絕。

嫦娥將麻糬放在工作台上，雙手比劃著，頓時麻糬立刻變回了生麵糰。接著她又換了個手勢繼續比劃著，沒多久，工廠裡的物品竟自己動了起來。

袋子裡的紅豆與紅棗各自排隊跳至水龍頭底下進行清洗，接著裝著水的兩具大鍋爐底下的火突然燃燒，紅豆與紅棗各自跳進這兩個鍋爐內，然後大火一開，便開始煮了起來。而工作台上的生麵糰與牆邊的新麵粉，加入水及其他食材後，一塊飛進一個大鋼盆

內，再由木勺將之拌勻，接著麵糰便自個兒搓揉了起來。

嫦娥滿意地看著這一切。

當餡料做好後，風扇一吹，立即變涼，接著如一道水柱般，餡料一一飛到一塊塊已切割好的麵皮裡包裹起來。模具壓出一個個美麗的形狀後，再由鐵盤送入烤箱。一眨眼，烤箱裡便傳出香噴噴的味道，最後經過包裝，一盒盒月餅便呈現在眼前。

仍站在門外的阿浪及發來嬸，豎耳仔細聽著裡頭的動靜。

聽見乒乒乓乓的聲音，知道嫦娥已開始動工，阿浪雖然氣嫦娥將自己鎖在裡頭不給幫忙，不過他也不能怎樣，畢竟嫦娥是為了他們家的生意呀。無奈的阿浪只好對一旁的發來嬸說：「我們進屋去吧，這裡就交給她。」

發來嬸點頭，阿浪便扶著他母親一塊進屋去。

嫦娥看著工廠裡的一切運作，很快成品便一一出籠，當舊的一批完成後，馬上又開始製作下一批。嫦娥心想若依這個速度來看，也許天亮前便可以完成。

她來到剛做好的月餅前，拿起一小塊送入嘴裡。

「嗯……這滋味真是好，簡直和玉兔親手做的不相上下，想必一定會大受歡迎的。」嫦娥臉上洋溢著幸福的表情，她真想立刻拿去給發來嬸和阿浪嚐嚐，不過最終她還是忍了下來，因為若是被他們發現她使用仙術的話，那可就不妙了。

＊＊＊

夜已深，現在是凌晨三點。

在萬籟俱靜的夜裡，工廠裡燈火通明，裡頭乒乒乓乓的聲音不絕於耳。嫦娥坐在椅子上不停地流淚打著呵欠，疲倦的她不時點起頭來，最後拗不過睡意的侵襲，終於趴在桌上沉沉睡去。

同一時間，阿浪在自己的房間裡翻來覆去始終睡不著。他兩眼直盯著窗外，從這裡他可以清楚地看見後頭工廠的燈還是亮的，這使得他心浮氣躁。最後他實在受不了，坐了起來。

「這女人還真是愛逞強，連個忙都不讓人家幫，如果她在裡面累倒了該怎麼辦？」阿浪抓著頭自言自語著：「我先說喔，我這可不是在擔心她，我是怕她如果暴斃在我家的話，我該如何跟她家人交代。」

其實阿浪從凌晨開始，就一直來回地在房間與工廠外頭走了好幾遍，每次去他總會將耳朵貼在門上聽看看裡頭的動靜。而這次他不再走過去，他下床來到窗邊，推開窗，看著對面的工廠。但除了燈光之外他什麼也看不到，可是他就是忍不住想要看，他只要一想到他居然讓一個瘦弱女子在裡頭為他家生意賣命時，他就無法安心入睡。

就這樣阿浪一下子走回床上，一下子踱到窗邊，直到清晨的曙光映入眼簾。

第四章

＊＊＊

坐在床沿，兩眼佈滿血絲的阿浪正不停地打著盹，這時後頭傳出「喀啦」門閂打開的聲音，工廠的門被嫦娥從裡頭打了開來。

嫦娥從裡頭走了出來並伸了個懶腰，吸了口早晨的空氣，她搥搥自己兩邊的肩膀，雖然睡得不好，但她已經好久沒睡得這麼幸福了，原因當然是因為她現在人就在后羿的身邊。

阿浪一聽見聲響，便急得衝下樓。他一見到嫦娥劈頭就罵：「妳這女人到底在搞什麼鬼？還把門從裡頭鎖起來是怎樣？」

嫦娥盯著阿浪一頭的亂髮、佈滿血絲的雙瞳，以及一臉氣呼呼的模樣，噗哧一聲便忍不住大笑了起來。

「有什麼好笑的？」

阿浪氣得真想掐死眼前這個女人，但嫦娥非但不怕他，甚至還笑到彎了腰、岔了氣。

「叫妳別笑妳還笑！」

阿浪上前想用手摀住嫦娥的嘴，但嫦娥卻跟他玩起了捉迷藏，屋外頓時充斥著嫦娥

的笑聲以及阿浪的怒吼。

「咳咳……」發來嬸披著件薄外套突然出現在他倆身後，她一臉尷尬地說：「我想我還是回去睡個覺，等等再過來好了。」說完她轉身就想回屋內，但阿浪卻伸手拉住。

「我……我只是過來看看餅做得怎麼樣而已，誰知道她一看到我就直笑個不停，然後我……」阿浪一副亟欲解釋的模樣，讓發來嬸覺得好笑，忍不住想多逗逗他：「唉呀，別再解釋了啦！越描越黑，人家嫦娥可是一句話都沒說呢！」

阿浪一臉窘樣，發來嬸覺得玩夠了，便正經地問嫦娥：「餅做得怎麼樣？」

「都做好了，五百盒，一盒都沒少。」

「真的？」發來嬸喜出望外，見嫦娥點頭，她興奮地拉著嫦娥說：「趕緊帶我去看看。」

阿浪不敢相信嫦娥居然真的辦到了，而且還一副不費吹灰之力的樣子。反倒是他，竟為此失眠了一整夜，這真是莫名其妙！

阿浪好奇嫦娥究竟是怎麼辦到的，於是他也跟著他們進入了工廠。

才剛踏進工廠，便看見一盒盒的月餅已經整齊地擺放在櫃子上，其數量之多連櫃子都塞不下，只能暫時放在一旁空曠的地上。

嫦娥見發來嬸及阿浪瞪大眼一副吃驚的模樣，她開心地為他們介紹：「櫃子上這個區塊是棗泥口味的月餅，右邊是紅豆沙口味的，而後面那些是芋頭口味，其他還有蓮蓉

第四章

及芝麻，我一共做了五種口味。來，這邊有一些多的月餅，你們過來嚐嚐看。」嫦娥說完便從工作台上端了兩盤已切好的餅，遞到阿浪及發來婶的面前。

他倆看了看後便各自挑了一塊。

「你拿的這塊是紅豆沙口味的。」嫦娥在阿浪將餅送進嘴裡時說，接著她轉頭對還在端詳手裡月餅的發來婶說：「而伯母您拿的這塊是棗泥的，嚐嚐。」發來婶點點頭，便將手上的月餅送入口中。

瞬間，發來婶及阿浪不約而同露出驚豔的神情。

阿浪一邊咀嚼，一邊在心中不停地讚嘆著：「天呀！這外皮軟硬適中，且不會覺得過分油膩。剛剛還未送進嘴裡時，香氣便迎面撲鼻而來，咬下後，綿密的紅豆沙內餡在嘴裡瞬間融化，整個吃完後唇齒留香，讓人想一口接著一口跟著吃下去。我以前怎麼都不覺得月餅有這麼好吃，怎麼今天……今天……」阿浪忍不住又多塞了好幾個其他口味的月餅進入嘴裡，他邊吃邊不停地點頭。

「太好吃了！我做月餅做了這麼多年，從來沒吃過這麼好吃的月餅，妳實在太了不起了！」發來婶握著嫦娥的手不停地道謝：「既然我們有這麼好吃的餅，那我們的店就不會倒了。謝謝，謝謝妳。」

「伯母，不用客氣了，這不算什麼。」

「唉呀，妳救了我們家的生意，當然要好好地謝謝妳呀。」接著發來婶對阿浪說：

「阿浪，你也對嫦娥說聲謝謝呀，人家不眠不休地幫我們，你也該表示一下什麼吧？」

「哼，又還沒開始賣，怎麼知道生意好不好？」阿浪倔強地說，說完他又多吃了好幾塊月餅。

「唉，你這孩子……」發來嬸走到阿浪身邊擰起他耳朵，打算好好訓斥一番，被擰著耳朵的阿浪則痛得唉唉直叫。

嫦娥看著他們母子倆的互動，忍不住替阿浪求請：「伯母，您就別再勉強他了，他不說就別說吧，反正這也沒什麼。」見發來嬸還是緊擰著阿浪的耳朵，一副不肯放過的模樣，嫦娥又繼續說：「對了，今天什麼時候要開店做生意呀？我也可以幫忙嗎？」

「妳不累嗎？不是一整晚都沒睡？」阿浪問。

「我還好……」嫦娥心虛地低頭，沒膽說自己其實睡得很飽，她撒謊說：「忙完再歇息就好，還是店裡的事要緊。」

經嫦娥這麼一說，發來嬸才想到該趕緊準備準備，若今天早點做生意的話，說不定還可以多賺一點。於是她鬆開擰著阿浪耳朵的手，趕緊轉身進屋，邊走她邊說：「我先上樓換件衣服，等等我們就把這邊的餅搬到店裡去，七點開店，阿浪你也趕緊去換件衣服過來幫忙。」

阿浪摸著被擰得發紅的耳朵，在嘴裡咒罵了幾句，發現嫦娥正微笑地看著他時，他瞪了她一眼，便摀著疼痛不已的耳朵上樓去了。

第四章

阿浪、發來嬸及嫦娥三人合力將餅搬到店裡後，接著簡單地打掃了一下，七點便拉開門開始營業。

一開始完全沒人上門，坐了十分鐘，阿浪便抱怨：「怎麼都沒人來買呀？雖然今天已經不是中秋節，但應該還是會有人想吃餅吧？」

「唉唷，耐心點，別這麼急性子好嗎？」發來嬸嘴上雖然這麼說，但其實她內心也是挺緊張的，她心想：「夭壽喔，如果這次再不能賺錢的話，可真的要去跳樓了！」

直到九點，三人早餐都吃了，送報生送來的報紙也翻到快爛掉了，但就是沒有一個上門的客人。

阿浪忍不住走到店門外，看著前面路口轉角的「金正香餅店」，只見金正香餅店店裡店外滿滿都是人，且從店裡走出來的客人手上都至少提著兩袋，這讓阿浪看得十分眼紅。

「憑什麼他們的生意可以這麼好？明明我們的餅絕不會輸他們呀？」阿浪邊走回店裡邊氣憤地說。

「啊，我想到了！」嫦娥突然拍手跳了起來。

發來嬸及阿浪都好奇地轉頭看著她。

「既然沒人上門，那我們就主動出擊呀！我們先將餅切一切，到店門外免費請大家

試吃，如果大家覺得好吃的話，生意不就上門了嗎？」嫦娥興奮地說。

嫦娥的話一語驚醒夢中人，發來嬸跳起來高興地說：「對喔，我怎麼都沒有想到！唉呀，我果真是老了，腦袋不靈光了，還是你們年輕人比較聰明。」發來嬸接著對阿浪說：「阿浪，你趕快去切一些餅放在盤子上，而我跟嫦娥就到外面拿餅給大家試吃，動作快！」

就這樣，他們三個又動了起來。

阿浪忙著將月餅切成一小塊一小塊，然後再由嫦娥與發來嬸端到外頭請路人試吃。路人們見有免費的東西可以吃，當然毫不客氣地吃了起來，而吃過的人都讚不絕口，紛紛要求想再吃看看別種口味。最後越吃越爽口，乾脆進到店裡挑個幾盒回家慢慢享用。

漸漸地，生意越來越好，而嫦娥美若天仙的外貌，更是為店裡招攬了不少客人。沒多久，店裡店外被擠得水洩不通。阿浪切月餅切到手痠，發來嬸收錢收到樂歪歪，而嫦娥這個大功臣，則在店門口不斷吸引著顧客上門，圍在她身旁的人一大堆。

「芝麻與芋頭各一盒是吧？要不要再帶一盒太陽餅，五十年老店手工傳承製作，保證口感絕佳，吃完讓妳唇齒留香、讚不絕口。」發來嬸站在收銀機前，對著一個嘴裡還塞著一塊餅正在咀嚼的大嬸說話。

「好吧，那就再來一盒太陽餅，這樣一共多少？」

「一共七百五十元。」

大嬸廢話不多說，立即從皮包裡掏出一張千元大鈔，阿莎力地付了錢後，便提著三盒餅離開了餅舖。臨走前還不忘再拿一塊餅來試吃，這才心滿意足地走了。

「老闆娘，我要三盒紅豆沙的。」一個戴眼鏡的年輕小伙子說。

這時架上早已空空如也，不僅嫦娥做的月餅銷售一空，連帶的其他的餅也賣得所剩無幾。

發來嬸看了一眼架上，接著又轉頭看了一下後頭的庫存，這才不好意思地對小伙子說：「抱歉，我們的餅都賣完了，請你明天再來好嗎？」

「是喔……」小伙子失望地轉身離開，臨去前還不死心地回頭問：「明天你們幾點營業？可不可以先幫我留個三盒，到時候我再過來拿？」

「沒問題，我一定會幫你留的。」發來嬸攤開她放在一旁的記事本，在明天的日期上寫了下來。

小伙子見發來嬸答應了，這才露出笑容，大步離去。

阿浪精疲力竭地癱坐在一旁，發來嬸則拿著一疊鈔票開心地數著，嫦娥這時從外頭走了進來，一身大汗的她見店裡的餅幾乎賣完後，露出了欣喜的笑容。

「累不累呀？我倒杯茶給妳喝。」

發來嬸笑咪咪地從一旁拿了張椅子來給嫦娥坐，接著又連忙到後頭倒了杯水給她

喝。這時的發來嬸簡直將嫦娥當成財神爺一樣，倒完茶後又是幫她搥背搧風的。

「媽，我呢？我口也好渴喔。」阿浪說。

發來嬸白了他一眼，沒好氣的說：「要喝，不會自己去倒喔？」

「不公平，為什麼她就可以有茶喝，我就要自己去倒。媽，妳也太偏心了喔！」阿浪噘嘴抱怨。

「人家可幫了我們一個大忙呢，你怎麼這也要跟她計較？」

「伯母，沒關係啦，不然我去倒杯茶給他喝好了。」說完嫦娥便起身到後頭另外倒了杯茶。

發來嬸瞪著阿浪，阿浪則嘻皮笑臉地對她扮了個鬼臉。

嫦娥將茶遞給阿浪，阿浪連謝都沒謝就將茶一飲而盡，喝完後他覺得腦袋清醒了些，也在這時他才想到一件重要的事。

「啊，我都忘了！」

阿浪看著牆上的時鐘，現在都已經下午四點了，但他卻忘了帶嫦娥去找她家。他立即從椅子上跳了起來對嫦娥說：「我說過今天要帶妳回家的，我居然忘了，真糟糕！說不定現在妳已經被列為失蹤人口了呢！」邊說阿浪邊自然地拉著嫦娥的手往門口走去。

「不，你不用幫我找家了，我的家就在這裡。」嫦娥甩開阿浪的手，不願離去。

阿浪停下腳步，轉頭滿臉驚訝地看著嫦娥。

第四章

知道自己說錯話後，嫦娥吞吞吐吐地解釋：「呃……我的意思是說我沒有家……不，我是說我沒有家人……唉，該怎麼說才好呢？」嫦娥露出一臉為難的表情。

「阿浪，別再逼她了！人家嫦娥說不定有不得已的苦衷，你就讓她暫時先留在家裡嘛，你不在有她陪著老媽多好！」發來嬸說。

發來嬸已經排除原先認為嫦娥精神不正常的想法，她現在反而覺得嫦娥可能是因為家庭有問題，或是被先生毒打才跑出來的可憐女人，因此一顆同情心也油然而生。

「留她？」阿浪瞪著自己的母親高聲說：「我們家又不是收容所，再說如果她的家人或先生告我們將她藏匿起來的話，那怎麼辦？」

「嫦娥，妳結婚了嗎？」發來嬸看著嫦娥問。

當發來嬸在問話的同時，阿浪不知為何竟緊張了起來。

「結婚？」嫦娥想了一下，推測發來嬸或許是要問她有沒有婚配，於是她先紅著臉偷瞄了一眼阿浪，然後才緩緩地說：「沒有。」

聽見嫦娥的答案，阿浪與發來嬸心裡都鬆了口氣。

「我們不能將她留下來，這樣大家會怎麼想？隔壁鄰居會怎麼想？」阿浪態度強硬地說。

「請你讓我留下來好嗎？我不會留很久的，時間到了我就會走……」嫦娥越說表情越是落寞。

阿浪及發來嬸並不能了解嫦娥話中的含意，發來嬸只覺得反正她一定要留下嫦娥就對了，想想生活中還有一個和她一樣懂得欣賞鄧麗君歌喉的人，彼此能交換心得、彼此擁抱哭泣是多麼難得可貴的一件事。而阿浪看著嫦娥哀傷的模樣，他的心緊緊揪緊，在經過幾番內心掙扎後，他終於在嫦娥的柔情攻勢，以及母親的碎嘴轟炸下妥協了。

「好吧，妳可以暫時住下來。」

嫦娥一聽露出了開心的笑容，阿浪見嫦娥恢復笑容的模樣，內心也感到愉快，但他嘴上還是冷酷地說：「但是我警告妳，可別給我惹麻煩，聽見沒有！」說完阿浪便轉身往後頭走。

「去哪呀你？」發來嬸問。

「廁所啦。」

當阿浪用手撩起門簾時，他背對著身對嫦娥說：「如果妳真的有什麼麻煩的話，可以找我商量，我會保護妳的。」說完便走了。

嫦娥聽完高興地眼淚都快掉了下來，她早知道后羿不是那麼絕情的人，而他的這番話更是溫暖了嫦娥的心。只是她現在要做的事可千萬不能讓他知道，一切的委屈也都只能往肚裡吞。

發來嬸見嫦娥一臉想哭的模樣，她抽了幾張面紙遞給嫦娥，並說：「妳就安心地住下來吧，我那個兒子呀盡會甩帥，但是當妳危急的時候倒是挺可靠的。所以嚕，如果妳

第四章

真的有什麼委屈，還是被人欺負的話，儘管告訴他，他一定會保護妳的。」

聽完發來嬸的一席話，嫦娥更是感動，接著她便靠在發來嬸的肩上啜泣了起來。

店門被人從外頭推了開來，上頭掛著一串鈴鐺正不停地發出「叮叮噹噹」的聲響。

「不好意思，我們已經打烊了，要買餅的話明天請早。」發來嬸頭也不回地說，但是踏進店裡的人卻似乎沒有離開的打算，只聽見對方說：「請問一下，陳昕浪住在這裡嗎？」

「是呀是呀，妳是？」發來嬸轉身看著對方。只見對方一頭俐落的短髮，穿著一件紅色格子襯衫、一條緊身牛仔褲，手上提著一只袋子，正笑容滿面地站在門口。

「我是阿浪的同事，我叫林嘉樺，想必您應該是伯母吧？」嘉樺和發來嬸點個頭打聲招呼，發來嬸也對她微笑點頭回應。

當嘉樺的視線掃到發來嬸身後的嫦娥時，她臉上的笑容瞬間凝結了，她問：「那位是？」

發來嬸看了一眼嫦娥，然後回頭對嘉樺說：「她喔，她是阿浪從路上撿回來的。她叫嫦娥，從昨天起就住進我們家來了。」

嘉樺看著國色天香的嫦娥，先是為嫦娥的美貌感到震驚，接著她不禁感到自慚形穢。當聽完發來嬸的介紹時，嘉樺不但沒有明白，心中反而冒出更多的疑問：「她到底

跟阿浪是什麼關係？為什麼她可以住進阿浪家裡？還有為什麼她在哭泣？」種種疑問在嘉樺的腦海中不斷盤旋。

嘉樺很想再多問些什麼，但又怕聽到讓她難以承受的答案，於是遲遲問不出口。

發來嬸見嘉樺直盯著嫦娥瞧，內心感到奇怪，於是她問：「請問妳找阿浪有什麼事嗎？他現在在廁所，要不要我幫妳去叫他。」

見嘉樺沒反應，發來嬸便來到廁所外頭叫道：「阿浪呀，阿浪。」

「什麼事？」

「外頭有人找你，說是你同事。」

「喔，等等喔。」

一陣沖水聲過後，廁所的門被打了開來，阿浪與發來嬸來到前面一看，哪還有什麼人影。

「嫦娥，她人呢？」發來嬸問。

「她走了。」嫦娥說。

「走了？真是莫名其妙！」發來嬸覺得這個同事真沒禮貌，要走也不說一聲。

阿浪走到店門外左右看了看，進來時他問：「她有說她是誰嗎？」

「喔，她說她叫林嘉樺。」發來嬸回答。

「嘉樺？不知道她找我做什麼？」

樣。

阿浪拿起手機撥給嘉樺，但手機響了幾聲後便轉接到語音信箱，撥了幾次結果都一

阿浪心想：「看來只能等明天上班時再問她了。」

＊＊＊

一公里外的馬路上，嘉樺正獨自落寞地走著。

她手上提著一只袋子，袋子裡有個小鐵盒，鐵盒裡裝的是她今天早上特地親手烘烤的小餅乾。原本她是想送來給阿浪嚐嚐，但卻意外撞見了嫦娥，她不知道他們倆究竟是什麼關係，但想必關係一定不單純。

嘉樺越想越是心痛，抓著袋子的手也瞬間收緊。最後她咬著下唇，將手裡的袋子往身旁的垃圾桶一扔，毫不留戀地大步離去。

第五章

隔天阿浪到警局上班，他好幾次都跑去問嘉樺昨天來找他有什麼事，但嘉樺都只說：「沒什麼，那已經不重要了。」要不然就是說：「她是……她是……」然後一副欲言又止的模樣。

阿浪實在搞不懂嘉樺，也搞不懂母親與嫦娥在想什麼，說穿了他根本一點也不了解女人。他坐在自己的位置上，看著一直假裝忙碌的嘉樺，心裡非常不是滋味。

就這樣，嘉樺對他冷淡了三天。

阿浪一邊想著他是不是做錯了什麼惹得嘉樺不高興，一邊他又覺得該回家去看看嫦娥有沒有把他家搞得天翻地覆。於是他起身，穿上外套，騎著他的野狼，踏上回家的路程。

由於阿浪事先未告知母親自己要回家，所以當發來嬸一見到他時，又驚又喜地問：「怎麼這麼快又回來啦？要回來怎麼不先通知一聲？」

阿浪沒理會發來嬸，他一進門便開始東張西望，四處尋找著嫦娥的身影。直到發來嬸站在他面前，擋住他的視線，他才緊張地問：「她人呢？」

發來嬸自然知道阿浪指的是誰，她神祕一笑後說：「在廚房做菜……」誰知她的話

第五章

都還沒說完，阿浪就已經閃過她快步進了廚房。

發來嬸見阿浪著急的模樣，像是怕嫦娥不見似的，她嘆了口氣說：「唉，原來不是回來看老媽的呀，真令人心寒！」抱怨完後她也跟著進入了廚房。

廚房裡飄來陣陣香味，餐桌上擺了三道菜，不論是香氣或色澤看了都不禁讓人食指大動。而這幾樣菜正是嫦娥飛到月亮前為后羿所做的那幾道，包括糖醋魚、粉蒸排骨以及炒芥藍菜。

嫦娥這三天向發來嬸學會了不少東西，對於現代生活更是了解不少。而當嫦娥一學會使用電鍋及瓦斯爐時，她便立刻想試看看這幾道菜，不單為了當時的遺憾，更想瞧瞧自己的手藝是否退步。

阿浪一看到嫦娥正端著羊肉蘿蔔湯，戰戰兢兢地從瓦斯爐上要端到餐桌上，但卻一副拿不穩的模樣，他便急得衝到她身旁，一把將湯鍋搶過來，並穩穩地放在餐桌上。

嫦娥見是阿浪，不由得喜出望外。當她從發來嬸口中知道阿浪住在警察宿舍，並不會常回來時，她就煩惱著到底該怎麼樣才能待在他身邊保護他，沒想到這下阿浪居然自己回來了。

「你怎麼回來了呀？」嫦娥開心地問。

「我回來看妳。」阿浪看著嫦娥，發現嫦娥害羞得臉紅了，他清了清喉嚨，邊拉了

張圓凳坐下，邊言不由衷的補上一句：「別誤會，我是怕妳把我家廚房給燒了，這才回來的。」

阿浪偷瞥了嫦娥一眼，發現嫦娥臉上的笑意更深，他怕自己越描越黑，於是指著桌上的菜餚轉移話題問：「這都是妳做的？」

「對呀，你嚐嚐，這都是你喜歡吃的菜。」

阿浪拿起筷子，夾了一塊離他最近的糖醋魚，放入嘴中咀嚼。沒多久，他內心一驚，趕緊又多夾了幾塊放進嘴裡，這次他咀嚼得更慢。

「奇怪，這糖醋魚好吃是好吃，但我也吃過比這更好吃的，而且還是五星級大師所料理的。但是為什麼我卻對這股味道特別感到一股沒來由的熟悉感，不僅使我心中充滿溫暖，更讓我覺得有一種情緒卡在喉嚨似的，讓我為之鼻酸……」阿浪心想。

「怎麼樣？好吃嗎？」嫦娥期待地看著阿浪。而這時發來嬸也坐了下來，並夾了一塊糖醋魚嚐嚐。

「嗯，好吃。」阿浪平淡地說。

「還不錯耶，嫦娥沒想到妳的手藝這麼好，簡直跟發來嬸我不相上下了。」發來嬸說。

聽見阿浪及發來嬸的讚美，嫦娥開心地笑了笑。接著她到飯鍋前添了碗滿滿的白飯遞給阿浪，並說：「好吃那就多吃一點，飯不夠的話我再幫你添。」

第五章

「嗯。」

接下來嫦娥又為發來嬸與自己各添了半碗飯，三個人便高高興興地吃了起來。

嫦娥覺得自己簡直像在作夢一樣，沒想到竟然還能再次為后羿洗手作羹湯；而阿浪此時的心情也很複雜，他覺得自己對嫦娥、對這桌上的菜色、對這吃飯聊天的情境一點也不陌生，彷彿在好多年前，他就做過這樣的事。阿浪不知道究竟是自己錯覺還是他曾經作夢夢到過，總之他們三人就這樣和樂融融地渡過了這個夜晚。

接下來幾天阿浪每天都會回家一趟，他推辭了同事們的邀約，並且在嫦娥晚飯煮好前一定到家，然後三個人又有吃有笑的一塊吃著飯。到最後他索性在家裡睡個一晚，大不了隔天在早起去上班，雖然路程遠了些，但他卻甘之如飴。

發來嬸見阿浪這陣子天天回家，簡直快樂歪了，她知道他們家阿浪從高中畢業後，就一直不斷吵著要搬到外頭住，想要自由自在地過生活。但發來嬸總是提心吊膽著，深怕阿浪一個人在外頭不懂得照顧自己，甚至受人欺負，所以到現在儘管每次她的關心都換來阿浪的白眼，但她就是無法不關心自己的兒子。如今看到阿浪願意天天回家，發來嬸當然高興得不得了，至少她不用再一個人孤單地留在家裡了。

至於嫦娥看到阿浪如此，內心也是相當高興。但隨著日子一天天的過去，眼看越接近農曆九月十日，嫦娥越是擔心，沒事在家時整天想著該怎麼幫阿浪化解危機。

終於，這一天到了。

＊＊＊

金正香餅店，這是一間由阿旺師所開的連鎖餅店，在全台就有十三家分店。而其創辦人阿旺師，小時候家境清寒，十六歲就進到麵包店當學徒，由基層幹起，再以他那份對烘焙的熱愛與永不放棄的精神，二十五歲時在岳父的金援下獨自出來開店，終於闖出一片天，讓他胼手胝足一躍成為業界龍頭。他的故事可說是無人不知無人不曉，甚至還可以出成自傳來激勵莘莘學子。

阿旺師的性格相當古怪，他對於自己甚至他人的要求超乎常人，是個相當典型的完美主義者。如果味道有一點點走味，或是不對他的胃口，那麼他就會氣得暴跳如雷。若是員工，他就會不客氣的當場破口大罵；若是自己，他就會熬夜重新製作摸索到天明，非要達到完美標準不可。

而他所開的這家「金正香餅店」，在他對於口感的堅持，以及行銷策略的應用下，店裡一開張就生意興隆。個個吃過他們家商品的人，都不禁豎起大拇指連聲說讚，而大門口貼著一張張知名美食節目前來店裡與阿旺師的合照，更足以證明其實力。

第五章

這天，阿旺師來到了阿浪家附近的這家分店巡視。

當他遠看到這家店時，不禁心生疑竇：「奇怪，這家店怎麼這麼冷清？完全不像其他家分店那樣生意興隆。」

阿旺師加快了腳步，來到店門口。

兩位穿著員工制服的年輕男子正蹲在外頭，嘴裡各叼著一根菸，對著前方不斷吞雲吐霧著。阿旺師一臉鐵青地站在他倆面前，一瞬也不瞬地低頭瞪著他們。那兩位員工瞥見有個人影擋在面前，抬頭一看，臉上立即呈現驚慌的表情。

「你們蹲在這裡做什麼？」

明眼人一看便知他們蹲在這裡摸魚，這點阿旺師年輕時也做過，他當然明白，但他其實真正想問的是，為什麼他們有空在這裡摸魚？

兩名員工立即從地上跳起，將菸蒂丟在地上大力踩熄。他們知道惹毛了阿旺師日子肯定不會好過，說不定立刻就要被炒魷魚了，於是他們緊張得冷汗直冒。

「客人呢？」阿旺師繼續問：「你們不用工作了嗎？」

員工之一的大飛，吞吞吐吐地說：「今天沒……沒客人，所以我們才在外面休息一下，抽……抽根菸。」

「沒客人？」阿旺師冷哼了一下，並說：「這怎麼可能？」

一旁年紀較輕的潘仔也趕緊說：「是真的，我們沒騙你。」

見阿旺師還是一臉不信的模樣，大飛解釋：「從中秋節過後，我們的生意就一直下滑，一開始還有幾個客人，但到了今天就變成你現在所看到的這個樣子。」

「胡說八道，這怎麼可能！」阿旺師氣得直跳腳。

但他轉頭往店裡一看，除了自家的兩位女店員正坐在櫃台前無聊地低頭玩著手機之外，店裡竟無其他客人。如此鐵錚錚的事實，頓時讓阿旺師顏面掛不住，想他所開的十三家店舖裡頭，從未有一家店是像現在這樣冷冷清清的，這個情況實在令他無法接受。

「這到底怎麼回事？」阿旺師問。

大飛與潘仔聳聳肩，表示不知情，然後他們就只是呆站著，緊張地看著阿旺師臉上詭譎多變的表情。

「不知道不會去問、去找嗎？還要我教你們怎麼做嗎？我是付錢請你們來幹嘛的？到底誰才是老闆呀？」阿旺師怒氣驟發，砲火連珠地罵著。

大飛與潘仔被阿旺師的怒氣給嚇到，趕緊行動。老實說該怎麼做他們也不知道，只是如果他們不做些什麼的話，恐怕下場會更慘。於是就在阿旺師凌厲的瞪視下，他倆又是拉客，又是追問路人為何不肯上門光顧的原因。

阿旺師氣沖沖地進到店裡去，兩位女店員早聽見阿旺師在外頭的咆哮聲，在阿旺師踏進店裡前，手上玩的手機早收了起來，並站起身，堆出職業性的笑容迎接著。

第五章

阿旺師看也不看她們一眼，便坐在一張原本是要給客人喝茶休息用的檜木椅上，怒氣難消地直拍著桌子。識相的女店員們只能怯怯地站在一旁，不敢出聲。

時間一分一秒過去，十五分鐘後，大飛與潘仔終於回來。

他們來到阿旺師面前先喘了口氣，接著潘仔上氣不接下氣地說：「我們問到了，我們知道為什麼店裡生意不好的原因了。」

聽見「生意不好」這四個字，讓心情已經糟到不行的阿旺師，像被人在傷口撒了把鹽一樣。他蹙起了眉頭，表情臭到不行。

「原來客人都跑到我們附近一家叫做『滿再來餅舖』的店，他們家的生意好得不得了，把我們的客人全都搶光了。」大飛說。

「對呀，他們的生意超好，而且餅還真好吃！讓人吃了一口便停不下來。」潘仔說。

其實大飛與潘仔早就問到原因了，但他們之所以還花了十五分鐘才回來，是因為他們剛剛在「滿再來餅舖」一人至少試吃了十塊餅左右，等最後實在吃不下了，他倆才依依不捨地回來報告。

「而且他們還派出一位絕世大美女出來招攬客人，大家都一窩蜂的圍在她身邊，也難怪生意會這麼好了。而我們的店……」潘仔說著還瞄了一旁的女店員們一眼，兩位女

店員知道他意有所指，都插起腰來怒瞪著他。

無視於員工間的小動作，阿旺師摸著下巴努力地在腦海中回想著：「滿再來餅舖……這家店我記得它不是一家私人經營的傳統小店嗎？而且我吃過他們家的餅，絕沒有我做的好吃才對呀……」

原來阿旺師的完美性格使然，讓他在開這家店之前，就已經對這個區域的其他同行進行過一番調查，所以他才能清楚知道「滿再來餅舖」的事，而他怎麼樣都無法相信他竟然會被一家不起眼的小店給打敗。

「不可能，你們絕對是弄錯了！」阿旺師斬釘截鐵地說。

大飛與潘仔兩人互看一眼，接著潘仔便對阿旺師說：「不信？那麼你自己去瞧瞧好了。」

阿旺師看著大飛與潘仔，從他倆堅定的眼神中，他看不出他們有說謊的樣子，於是他的好奇心油然而生。他起身，走出店，直往「滿再來餅舖」前進。

遠遠地，阿旺師就見到「滿再來餅舖」店裡店外滿滿都是人。他不敢置信地揉了揉眼睛，確定自己沒眼花後，趕緊快步奔向前。

他邊跑邊想：「沒道理呀！他們的餅又沒我做的好吃，為什麼他們的生意會這麼好？實在沒道理呀！」

第五章

很快，阿旺師來到了「滿再來餅舖」門口。

在人群中，阿旺師看見了正熱情招呼著客人的嫦娥，他立即為嫦娥的美貌倒抽了口涼氣。儘管他已經五十四歲了，家裡也有妻子及兩個讀大學的兒子，阿旺師以為他自此對於愛情已經是個絕緣體了，但沒想到，在看到嫦娥的那瞬間，他頓時臉紅心跳，儼然就像個二十多歲的年輕小伙子般情竇初開。

縱使阿旺師懾服於嫦娥的美貌，但他並沒有忘記此行主要的目的。他擠進黑壓壓的人群裡，努力撞開了好幾個歐巴桑，好不容易才搶到一塊一口大小的月餅。

阿旺師將餅拿在手上，先是看了看外觀，覺得似乎沒什麼特別之處，又拿近點聞了聞。突然一股清香從鼻孔鑽入，阿旺師頓時覺得神清氣爽，他趕緊將餅送入口中細細品嚐，而這一嚐可真讓他驚訝得說不出話來。

阿旺師忍不住低嘆：「天呀！這口感，我至今還沒吃過這麼好吃的月餅，而它那獨特的滋味實在讓人難以忘懷。」

吃著吃著，阿旺師的眼角也跟著流下了兩行清淚。那是一種莫名的感動，因為他發現這正是他追尋已久，期望所能達到神乎其技的境界，他曾經一度以為自己已經達到了，但如今他才發現過去的自己是多麼的無知、多麼的愚昧。而這，就是他嘴裡的這一味，這正是他夢寐以求所追尋的夢想。

「請問一下這餅是怎麼做的？」阿旺師好不容易擠到嫦娥身邊問。

嫦娥回頭看著臉上滿佈皺紋，但一雙眼卻炯炯有神的阿旺師，微笑地說：「不好意思，這是獨家祕方，不能向外人透露。」

「這餡料你們是選自屏東萬丹的紅豆吧？但為什麼你們做起來的比較好吃？還有，這餅皮你們是有添加什麼嗎？否則為何夾帶著一股清香，甚至吃下後令人覺得神采奕奕？」阿旺師不放棄地繼續追問。

當然，嫦娥不會告訴他。儘管阿旺師一直追問，但嫦娥口風倒是很緊，一個字都不願透露，只管笑咪咪地要阿旺師嚐嚐其他口味。而阿旺師在吃了其他口味的餅後又是一陣感動與一連串的追問，惹得嫦娥煩不勝煩。

在無法得知對方祕方的情況下，阿旺師最終只能失望地拖著沉重的步伐回到店裡。

員工們見到阿旺師回來，個個面面相覷，沒有人敢率先開口詢問情況。阿旺師失魂落魄地獨自走到後面的廚房，「砰」一聲將門從裡頭上鎖後，便開始埋頭鑽研了起來，任憑任何人去叫他，他都不予理會。

阿旺師一個人關在廚房裡，一會兒用機器攪拌著麵糰，一會兒站在瓦斯爐前煮著餡料。他不停地嘗試，失敗，再嘗試，再失敗，但依舊無法做出能超越「滿再來餅舖」所做出的那種口感。

阿旺師越做越失望，對自己的能力不禁質疑了起來，最後他甚至陷入了瘋狂的狀

態。

凌晨五點，阿旺師整晚沒闔上眼，他關在廚房裡不停地想做出不凡的口感出來，但他一次次都失敗了，他不敢相信自己居然會失敗，他無法接受這樣的事實。他的頭髮凌亂，眼窩凹陷，雙瞳爬滿著蚯蚓般可怕的血絲，但眼神卻透露出強烈的執著。

「匡啷匡啷！」

阿旺師將工作台上的東西全掃落一地，接著他氣得在失敗的成品上不停地又踩又跺。

「這怎麼可能？不可能我會做不到！」

阿旺師在宣洩完心中的怒氣後，他頹喪地癱坐在地上。此時的他，兩眼無神，雙眼直視前方，腦筋一片空白。

就這樣過了二十分鐘之久，一個可怕的念頭在他腦海中形成。

阿旺師站了起來，他流露出怨毒的目光，並喃喃地說：「我絕對不允許別人超越我，既然我做不到的事，那麼你們也別想做到！」說完他又開始在工作台前低頭忙碌了起來。

＊＊＊

農曆九月十日，也就是阿浪會有死劫的這一天終於到來。嫦娥從前一晚就茶不思飯不想的，整顆心懸在那裡，終日提心吊膽。發來孀及阿浪見嫦娥有異狀，關心地詢問她，但嫦娥都只是說沒什麼，讓他們想幫忙也沒轍。

天未亮，阿浪便起床換裝準備出門上班。來到廚房，就如往常，嫦娥早已煮好了豐盛的早餐笑咪咪地等著。

「早呀，過來吃早飯吧，今天我煮了很多，你多吃些。」嫦娥幫阿浪添了一碗稀飯放在他常坐的位置上。這時發來孀也剛好下樓來，嫦娥順便幫發來孀添了一碗，並說：「伯母，早，快過來吃早飯吧。」

「喔，好好好，馬上來。」發來孀一見到嫦娥就露出開心的笑容。

最近發來孀對嫦娥實在是越來越滿意了，嫦娥不僅幫她拴住兒子的心，而且還燒得一手好菜，其他像家事、店裡的生意更是通通一把抓，讓她樂得清幽。

自從嫦娥第一次做出超乎她預期的好吃月餅時，發來孀便私底下偷偷詢問過嫦娥到底是怎麼辦到的，但不管她怎麼問，嫦娥不說就是不說。而且更奇怪的是，嫦娥說只能幫她一回而已，之後只要拿著工作台上那塊剩下的老麵，按著自己原本的方法製作便行。發來孀聽了半信半疑，也搞不懂那塊老麵究竟是哪來的，不過她照著嫦娥所說去做之後，神奇的是她每樣做出來的餅都出乎意料的好吃，讓她覺得不可思議，更把嫦娥當

第五章

成是上天派來幫助他們的貴人。如果可以的話，發來嬸真希望嫦娥有朝一日能成為他們家的媳婦，能趕快為陳家添個後代，她也才能早日抱孫。

「哇，今天的早餐怎麼這麼豐盛？不僅有蛋，還有魚、有肉。」阿浪端起稀飯，看著桌上豐富的菜餚驚訝地對嫦娥說：「這也太多了吧，我根本吃不了那麼多，別告訴我妳今早心血來潮想試試新的菜色，要我把這些給通通吃下肚呀，這我可不行。」

發來嬸坐了下來，看了一眼桌上的菜色後，轉頭問嫦娥：「今天怎麼啦？有什麼高興的事值得慶祝嗎？」

「沒有啦，只是想讓阿浪多吃一點罷了，我怕以後就沒機會了……」嫦娥說。

見發來嬸及阿浪被她的話給弄得一頭霧水，嫦娥趕緊夾了顆荷包蛋放進阿浪碗裡說：「你快吃呀，吃完了好去上班。」

阿浪雖然很想問清楚嫦娥的話究竟是什麼意思，但他看了眼手錶，發現如果再不快點吃的話，他可要遲到了，於是他把疑問暫且吞進肚裡，低頭端起碗開始猛扒了起來。

「阿浪……」嫦娥默默地看著阿浪吃稀飯的模樣，許久才緩緩開口。

「嗯？怎麼了？」阿浪邊吃邊抬頭看著嫦娥。

「今天我可以和你一塊去上班嗎？」

阿浪聽了差點沒噎著，發來嬸趕緊拍了拍他的背，讓他順順氣。阿浪疑惑地盯著嫦

娥問：「妳要和我去上班？是我聽錯？還是妳說錯？」

「你沒聽錯，而我也沒說錯。」嫦娥認真地說。

「不行！」阿浪一口回絕：「妳以為我是去逛街、去玩耍呀？我可是去工作耶！那可不是在開玩笑的，隨時都可能有生命危險，我是不會帶著一個拖油瓶在身邊的。」

「我可以幫忙……」

「不用，妳別惹麻煩就好。」

嫦娥還想再說些什麼，但阿浪已放下碗筷，起身拿起放在櫃子上的安全帽走了出去，邊走他邊說：「這件事不用再說了。我走了，家裡就交給你們，掰。」

聽著阿浪發動車子引擎離去的聲音，天曉得嫦娥有多麼擔心阿浪的安危，今天阿浪將會有一個死劫，無論如何嫦娥發誓一定要幫他順利渡過難關。幸好她知道阿浪死亡的時間是在晚上七點十分，也就是說白天阿浪應該是不會有事才對，不過雖然如此，嫦娥還是將焦急全寫在了臉上。

「嫦娥呀，別這樣，阿浪只不過去工作而已。他辛苦賺錢養家，我們就多體諒他一下，別讓他擔心。」發來嬸過來安慰嫦娥。她以為嫦娥是無法忍受不能時時刻刻陪在阿浪身邊，因此才耍起了任性，但她哪知道嫦娥的擔憂。

「嗯，我知道。」嫦娥明白發來嬸的意思，但她內心也清楚，她是絕對無法待在家裡乾坐著等阿浪回來的，於是她在心裡暗想：「既然你不讓我跟，那麼我只好自個兒去找你了。」

＊＊＊

第五章

日正當中，豔陽高照，一個穿著一襲水藍色洋裝的高挑美女出現在T市警局中正第七分局門口。

坐在警局門口服務櫃台的小馬，才剛打開買回來的便當正準備大快朵頤時，嫦娥便出現在警局門口，讓他眼睛為之一亮，連帶著飢餓感也隨之消失無蹤。

「有什麼事嗎？」小馬站起身微笑詢問，語氣也比平時溫柔許多。

「請問陳昕浪在這上班嗎？」嫦娥雙頰微紅，她很少跟陌生男子說話，因此顯得有些嬌羞。

「喔，你說阿浪呀？」石頭突然出現在小馬身旁說。

石頭學長的突然出現，讓菜鳥小馬知道自己又沒有可以表現的機會了，但他還是無法將自己的視線從嫦娥身上移開。

嫦娥怯怯地點了點頭，石頭熱情地說：「阿浪在裡頭辦公，我帶妳進去找他。」

「嗯，謝謝。」

嫦娥跟著石頭走進警局，才一踏進局裡，嫦娥就吸引住眾人的目光，男警員們個個看呆了似的，目光一直隨著嫦娥的身影而移動。

嘉樺因同事間的騷動而抬頭一看，在看見嫦娥的瞬間，她的心情馬上惡劣了起來，兩眼恨恨地直盯著嫦娥。

在經過三張辦公桌後，他們來到了阿浪辦公的位置。

此時的阿浪正專心地低頭看著文件，當他察覺到有人正站在他桌旁時，他放下了手邊的文件抬頭一看。

在他看見穿著和以往判若兩人的嫦娥時，先是一愣，然後他沒好臉色地對嫦娥說：「妳來幹嘛？不是叫妳別跟來了嗎？」其實他心裡想說的是她穿這樣很好看，但他的嘴卻說了不同的話。

「阿浪，你幹嘛對女孩子那麼兇，人家可是特地來找你的呢，你也溫柔點嘛！」石頭替嫦娥叫屈。

一旁的嫦娥非但沒有被阿浪冷淡的態度嚇到，反而笑咪咪地將手上的提袋遞到阿浪面前說：「伯母說你常忙到沒空吃飯，所以我特地送便當來給你。」

阿浪臉色鐵青地看著嫦娥將便當從提袋裡拿了出來，而這時他的四周早圍來了一群湊熱鬧兼愛看好戲的蒼蠅。

「別光看，快打開來吃呀！」

見阿浪動也不動，嫦娥知道他心裡一定很不高興，不過她才不管他呢！她乾脆自己動手將飯盒打開。只見飯盒裡菜色鮮豔豐富，擺設也十分用心，而陣陣飄散出來的香味更是讓人無法擋。

「哇，好好喔，是愛心便當耶，真令人羨慕！」

「看起來好好吃喔，我光看肚子都餓了。」

「阿浪，你女朋友啊？怎麼從來都不知道你認識一個這麼正的妹，吼，都不帶出來讓大家認識一下。」

「這位美女，妳叫什麼名字呀？」

「我叫嫦娥。」嫦娥輕聲說著。雖然只有簡單四個字，但嫦娥甜美的嗓音卻惹得周遭其他男士們熱血沸騰，他們更加積極想找話題與嫦娥攀談。

「嫦娥？是嫦娥奔月的嫦娥嗎？真妙，很少聽到有人叫這個名字。」

「這個名字真是好呀！人如其名，就像天上的仙女下凡一樣。」

「今日一見仙女容貌，便覺得人世間再無美女，那些一個個庸脂俗粉哪能與妳相比呀！」

男士們你一言我一句，誇得嫦娥只能紅著臉微笑點頭，沉浸在被人讚揚的喜悅中。

然而阿浪卻沉著一張臉，冷眼看著這一切，最後他實在受不了，他無法忍受眾人直盯著

嫦娥看，這讓他覺得自己的寶物彷彿被別人覬覦般，他怏怏不樂地大聲說：「你們都沒事做是吧？這麼喜歡管別人閒事，平常有這麼熱心嗎？」

大家見阿浪一副吃醋的模樣，只好識相點摸摸鼻子回到自己的座位上，不過臨走前仍捨不得地多看了嫦娥幾眼。

等其他人都走開了，阿浪耐著性子問嫦娥：「妳今天的穿著是怎麼回事？」

嫦娥發現阿浪正盯著她身上的洋裝瞧，於是她提起裙襬在原地轉了一圈，高興地問阿浪：「怎麼樣？我這樣好看嗎？」

「嗯……」阿浪很想大方地稱讚，但礙於面子，於是他一個「嗯」字卡在喉嚨，只說了一半。

「這件洋裝是伯母借我穿的，她說她年輕時的身材跟我很像，於是她就借了我這一件。」

嫦娥開心地又在原地多轉了幾圈，希望阿浪能再多看她幾眼，或再多稱讚個幾句，但阿浪卻只是默默地看著，而嫦娥的舉動卻引來了辦公室其他人的注意。

「咳咳，別再轉了，這裡是辦公室，妳小聲點。」阿浪低聲斥責嫦娥。

嫦娥沒有得到稱讚，反而被訓斥了一番，令她的心情有些失落，但她馬上恢復笑容對阿浪說：「發來嬸跟我說穿這樣你一定會喜歡的，而且她還要我別擔心，如果真的不

第五章

放心的話，那就儘管去宣示主權吧……」

阿浪才剛舉起筷子要吃飯，聽見嫦娥的話，筷子便立刻停在半空中。

嫦娥天真地問：「宣示主權是什麼意思啊？你知道嗎？」

阿浪在心裡思忖：「原來她並不明白宣示主權的意思呀，我還以為她居然這麼的有心機，不過看她這副模樣，應該只是單純想送飯給我吃而已吧。」

阿浪內心感到十分窩心，其實他自己也明白，早在不知不覺中，他就已經深陷愛情的泥淖，只是他不願承認罷了，因為連他自己都不敢相信，自己的一顆心居然可以陷落得如此迅速。

「好了，我要吃飯了，沒事的話妳趕快回去吧。」

「我不能留下來嗎？」嫦娥楚楚可憐地看著阿浪。

「不行！」

「喔，那好吧……」嫦娥無奈地轉身，臨走前她還不忘回頭叮囑：「今天你可要早點回來呀。」

阿浪胡亂地點了點頭，而嫦娥在往前走了幾步後又回頭叮囑：「記得，七點以前你可千萬一定要回來呀。」

「嗯。」阿浪對嫦娥擺了擺手，示意她快點回去。

嫦娥嘆了口氣正準備轉身離去時，卻被一道身影給擋了下來。

「才剛來，這麼急著走呀？」嘉樺語氣酸溜溜地對嫦娥說：「現在你們是在演哪齣戲？十八相送呀？都住在一起了還嫌不夠？」

嫦娥看著上次有著一面之緣的女生，不明白她為何看起來這麼的不友善。而粗線條的阿浪也嗅出一絲不尋常，但他沒把握說出那是什麼，他只猜嘉樺大概是生理期來，所以口氣欠佳吧。

「什麼？你們兩個住在一起？」

「這怎麼回事？你們同居了嗎？」

「學長，想不到你還搞金屋藏嬌這一套，真是令學弟佩服佩服！」

辦公室裡的其他人因這個八卦頓時又圍了上來。有人嘴裡直說羨慕，有人則抱怨阿浪真是太不夠意思了，都不跟大家介紹介紹，大家七嘴八舌地想再多挖出一些更驚人的內幕。

「我們是住在一起，那又怎樣？」阿浪平靜地說。

眾人因阿浪的坦白興奮了起來，而嘉樺則是揪著一顆心，聽著阿浪的話一字一句猶如刀割在她心頭上。

瞧大家一副興致高昂的模樣，阿浪嘆了口氣說：「她只是暫住在我家而已啦，並不是你們想的那樣。」

阿浪知道如果他不向大家說清楚的話，那麼將有損嫦娥的名譽，他並不想佔嫦娥便宜，於是對眾人坦白。

在阿浪信誓旦旦的保證下，大家總算接受了阿浪的說法，但他們卻難以相信有如此美女在家中，阿浪居然能坐懷不亂，這實在太令人匪夷所思了。而嘉樺在確認他倆真的不是她想像中的那種關係時，她心中的大石總算落下。

嘉樺回想起近一個月來的獨自悲傷與難過，現在想想還真是可笑，只怪自己當初沒問個清楚就胡思亂想，把自己搞得不成人樣，幸虧真相大白，嘉樺也再度燃起了希望。

＊＊＊

嫦娥回到家後，老是坐不住，一顆心靜不下來，三不五時便到門口望著阿浪騎車回來時的方向，希望能見到他的身影，但總是一次次失望而回。就連坐在店裡休息時，只要一聽見外頭有摩托車的聲音，她就馬上從椅子上跳起來衝出去，但最終還是希望落空。

發來嬸見嫦娥這模樣，搖了搖頭，在心裡嘆道：「唉，想當初我愛上阿浪他爸時也是這副德性，整天都患得患失的，一旦兩人分開了，就覺得似乎少了些什麼，彷彿自己的生命不夠完整似的。」

發來嬸邊招呼著客人，邊看著心不在焉的嫦娥，又嘆了口氣：「唉……年輕真好，現在我只能捕捉腦海中的斷簡殘篇去追憶我的青春年華了……」

今天的生意依舊好得不得了，不到五點店裡所有的餅都銷售一空。發來嬸來到店門口掛上「已打烊」的牌子，接著回到收銀機前開始清點今天的收入。縱使嫦娥內心仍惦記著阿浪，但她仍須幫忙發來嬸打掃店裡店外，只不過在工作時她會不時地抬頭張望，祈求阿浪能儘早回家。

晚上六點四十五分，店裡的工作都做得差不多了，飯也都煮好了，但阿浪卻遲遲未歸，令嫦娥的焦慮也來到了最高點，她急得在店裡頭不停地繞著圈子。

發來嬸見嫦娥心急如焚的模樣，實在看不下去，於是她出聲說：「這麼擔心他呀？放心啦，我這兒子不會被其他女人拐跑的啦！」

原本發來嬸只是想開開玩笑來緩解一下嫦娥緊張的心情，但似乎沒達到任何效果，嫦娥一語不發地繞來繞去，都快將地上給繞出一個洞來了。

「不然妳可以直接打給阿浪呀？看看他是不是有事耽擱了，妳就別沒事瞎操心了……」發來嬸在勸嫦娥的同時，忽然覺得自己平常好像也都這麼做，令她頓時感到汗顏。

嫦娥接過發來嬸遞來的手機，正準備撥打給阿浪時，野狼的呼嘯聲已由遠而近停在

店門口外。

嫦娥往外一看，來者正是阿浪。一見到阿浪平安無事的樣子，嫦娥幾乎是用衝的奔了過去。

「拜託，是有這麼想念喔？現在的年輕人還真是熱情！」發來嬸暗笑。

阿浪一下車，才剛脫下安全帽，嫦娥便撲上前緊緊抱住他。

阿浪對這突如其來的擁抱感到受寵若驚，一方面他終於明白嫦娥對他的情意，一方面又為嫦娥一臉泫然欲泣的模樣感到心疼與不捨，也在這時他更加確定自己的確是愛上了嫦娥，雖然他不知道究竟是從何時開始愛上的，但他在內心暗暗發誓他一定會好好照顧嫦娥、好好保護她的。

「我回來了，怎麼好端端的哭了呢？」

「我好想你，別離開我。」嫦娥緊緊抱著阿浪，深怕他會突然消失在她眼前。隨著阿浪死亡時刻的接近，嫦娥的不安與焦躁也來到了頂點，唯有待在阿浪的懷裡，才能讓她感到片刻安心。

「傻瓜，我人都回來了，是還能去哪裡？」阿浪用他厚實的大手拍著嫦娥的背，輕聲安撫著。

阿浪不知道自己為何會突然變得這麼溫柔，也不明白自己為何不自覺的就這麼做

了，這大概是他打從娘胎以來，做過令他最感到匪夷所思的事情，他一點也不覺得彆扭或尷尬，一切的一切盡是那麼的自然。

嫦娥抬頭望著阿浪，看到阿浪正調皮地對她擠眉弄眼，她噗哧一聲，開心地笑了，剛才的焦慮與緊張全一掃而空。

跟著嫦娥後面出來的發來嬸見到這一幕，真不知自己該閃遠點好，還是繼續看下去。眼看自己兒子擠著五官逗嫦娥發笑的模樣，發來嬸暗暗吃驚，她心想：「喔，想不到我兒子還真有天分！看來以前罵他呆頭鵝是我錯了，沒想到原來他把起妹來還真是不落人後呢！」

「飯煮好了吧？」阿浪恢復正經問。

「嗯。」嫦娥點頭。

「走吧，一塊進去吃。」

「嗯，好。」

阿浪牽著嫦娥的手走進店裡，在經過發來嬸身旁時，阿浪對她說：「媽，妳也過來一起吃吧。」

「喔，好好好。」發來嬸尾隨著他倆步入廚房，邊走她邊開心地想：「太棒了！這下抱孫的日子不遠了，哈哈。」

阿浪來到餐桌前，這才想到自己應該先去洗把臉才對，於是他轉身對嫦娥說：「我

第五章

先去洗把臉，妳先幫我添一大碗白飯，越多越好。今天中午妳送過來的菜都被我同事搶光了，害我現在肚子餓得要命，等等我可要好好地吃個夠。」

「嗯，好，我等你。」嫦娥歡天喜地地去添飯，發來嬸也在這時坐了下來。

阿浪從廁所洗完臉出來，恰巧瞄到前面的櫃台上似乎有什麼東西，他好奇地靠近一看，在給客人試吃的盤子上竟有塊切好的鳳梨酥。阿浪內心覺得奇怪，平常給客人試吃的餅，到最後都會一塊不剩，怎麼今天卻還有餅在上頭？

阿浪拿起一小塊餅靠近看了看，他猜想這鐵定是嫦娥新研發出來的，準備拿給他試吃看看，但卻不小心給忘了。於是阿浪不疑有他大口咬下，卻不知這正是自己的一場災難。

鳳梨酥在嘴中慢慢地咀嚼，一開始阿浪只覺得味道很普通，沒有之前做出來的水準。但沒多久，阿浪的手一鬆，咬了一半的鳳梨酥掉至地面。他臉色發青，五官整個糾結成一團，他彎下腰痛苦地按著自己的腹部，櫃台上那盤剩下的鳳梨酥也被他這麼順手一揮給通通掃到了地上，接著阿浪便口吐白沫地倒了下來。

聽見砰一聲巨大聲響，嫦娥心一驚，知道大事不妙，手上的碗也掉至地上。額角不停沁出汗水的她趕緊衝到前面，見到阿浪倒在地上一副不省人事的模樣，發來嬸與嫦娥急得眼淚都快掉了下來，但現在可不是哭的時候，他們接連喚了幾聲阿浪的名字後，發

來嬸趕緊跑去打電話叫救護車。

嫦娥頹坐在阿浪身邊，悲傷得險些暈了過去，但她知道若她這一暈，阿浪將永無醒來之日，於是她強忍著傷痛，先觀察了一下散落在阿浪身邊的餅。

「是鳳梨酥！沒想到真的是鳳梨酥！」

嫦娥想起生死簿上所記載的內容，為其之神準感到不寒而慄。雖然不明白究竟是誰想害死阿浪，也不清楚對方的動機為何，但嫦娥可以肯定這鳳梨酥裡一定有毒。

嫦娥伸手量了量阿浪的脈搏，只能隱約感受到脈搏微弱且不規律的跳動，似乎隨時都有停止的可能。

嫦娥牙一咬，知道該是自己派上用場的時候。

當嫦娥正準備施法時，發來嬸慌慌張張地跑回來說：「救護車馬上就來了。兒子呀，你撐著點！」最後一句是對著阿浪喊的。

眼看阿浪口中不停地吐著泡沫，面臨生死關頭重要時刻，嫦娥必須趕緊施法才行，否則阿浪一旦脈搏停止跳動，那麼她就算有法術也無法救他。於是她趁發來嬸不注意時，站起身悄悄往後退了幾步，接著雙手比劃起來，對著阿浪伸手一指。

一股能量瞬間在阿浪體內流竄，他的脈搏漸漸穩定了下來，蒼白的雙頰也恢復了紅潤，沒多久阿浪便張了開眼睛。

阿浪困惑地看著身旁哭得唏哩嘩啦的母親，以及一臉哀傷的嫦娥，他撐起身坐起來問：「我怎麼啦？你們兩個幹嘛哭得那麼醜？」

乍聞兒子的聲音，發來嬸還以為是自己錯覺，她眨了眨眼，竟看見自己兒子好端端地坐在那，她與嫦娥先後撲進阿浪懷裡，接著兩人放聲大哭了起來，阿浪則揉著撞傷的頭部一臉莫名。

「這到底怎麼一回事？」阿浪連問了好幾次，但嫦娥與發來嬸都只顧著哭，沒空搭理他。

等情緒漸漸平復下來後，發來嬸才將事情的始末告訴阿浪，只是他們都想不通為何阿浪一下子就沒事可以活蹦亂跳的，而這原因只有嫦娥自己知道。

後來救護車來了，拗不過發來嬸的再三要求，阿浪被迫隨著醫護人員到醫院做一番徹底的檢查，而檢查結果一切正常。隨後警方的鑑識結果也出爐，那塊來路不明的鳳梨酥裡居然添加了令人致命的老鼠藥。

三天後，警方由店內監視器的影像發現了可疑人物，其兇手就是「金正香餅店」的老闆——阿旺師。

阿旺師因無法達到完美境界，又眼紅於對手的手藝，於是一念之差便將摻有老鼠藥的鳳梨酥趁大家不注意時，偷放在「滿再來餅鋪」的試吃盤上，想藉機破壞對手的名

譽。原本他的計畫是要給試吃的客人吃，讓客人們再也不敢上門，但沒想到卻被阿浪給吃下肚，而詭異的是吃下摻有老鼠藥的鳳梨酥的阿浪居然一點事也沒有，這讓他始終都想不透。

阿旺師下毒事件消息一出，紛紛登上各大新聞版面頭條，之前他所做的努力全毀於一旦，所開的連鎖餅店一一倒閉，想再東山再起簡直是不可能。而阿浪吃下摻有老鼠藥的鳳梨酥後，奇蹟似的竟一點事也沒有，也成了大家茶餘飯後閒聊的話題之一。

最後，阿浪的第一個死劫，就在嫦娥的暗中幫助下平安地結束了。

第六章

阿浪在中毒後隔天，馬上便回到了警局上班。

一開始大家也都照平常那樣工作，完全不知道阿浪中毒的事，而阿浪也沒對大家透露半句。直到三天後，消息整個曝光，阿浪瞬間成為辦公室裡大夥們包圍討論的焦點。

「阿浪，報紙上說你家的餅店遭對手惡意下毒，這是真的嗎？」石頭問。

「嗯。」阿浪頭也不抬地繼續做著手邊的工作。

「對方真是可惡，竟使出這種卑鄙手段！還虧我媽以前都看他的料理節目，真沒想到阿旺師是這種人！」小裕氣憤地說。

「學長，你沒事真是命大。不過你明明不是吃下摻有毒藥的鳳梨酥嗎？怎麼會一點事也沒有？」小馬問。

「這我也不知道。」阿浪聳聳肩一脈輕鬆地回答。

「阿浪。」王sir走了過來，其他員警讓出個位置，讓王sir來到阿浪面前。

阿浪見到王sir便站起身，而王sir則拍了拍他的肩膀說：「這次的毒藥事件你沒事就好，如果少了你，那我們辦公室可會少了一位能幹的員警，而我也會少了一位得力的助手，你沒事真是太好了！」王sir說著說著眼眶還紅了起來。

「謝謝王sir的關心，我不會那麼簡單就死的，你放心。」阿浪說。

「好，很好。」王sir又再度拍了拍阿浪的肩膀說：「聽好了，我沒允許你死，你可要給我好好的活著。」

「是的，長官。」阿浪對於王sir所說的話滿是感動。

這幾年王sir帶著他出生入死，並教會他許多工作上的知識技能，以及做人處事的道理，在他眼裡王sir就像是他的第二個父親一樣。由於阿浪父親早逝，在阿浪的年少記憶裡少了對於父親的記憶，因此他自然而然便將王sir當做自己的親生父親一樣地尊敬與愛戴，所以當阿浪聽到王sir如此感性的一番話時，其內心的激動可想而知。

而另一方面，王sir也是如此。在他眼裡每個屬下都是他親自調教出來的好警察，他也都把每個人當做自己的子女般無私的傾囊相授，而對於當中出類拔萃的阿浪，更是深得王sir喜愛，因此他絕不希望看見阿浪就這麼簡單地死了。

「大聲點，我沒聽見。」王sir說。

「是的，我絕不會輕易死去的，只要我還有一口氣，我拼死拼活也要從鬼門關前爬回來。」阿浪大聲保證。

「你們都聽見了吧？他說他保證。」王sir看著阿浪說：「好，那你就好好遵守自己

的承諾，別把它忘了。」

「是。」阿浪大聲說。

「好了，你們大家也別圍著阿浪了，都回去自己的崗位上工作吧。」王sir對身旁的其他員警說。

「是。」

大家各自回到自己的辦公桌上，打電話的打電話，影印的影印，打字的打字，辦公室又恢復了以往忙碌的模樣。

中午時分，外頭烏雲密佈，濕濡的空氣中夾帶著些許寒意。警局裡大夥兒們忙完後正準備歇息吃飯。

「阿浪。」

阿浪抬起頭，嘉樺正笑臉盈盈的站在面前。

「喔，有事嗎？」阿浪問。

嘉樺將一個鐵製的飯盒放在他桌前，並說：「我做了個便當，想讓你吃看看，這是我第一次做菜，希望你會喜歡。」邊說嘉樺邊打開了飯盒的蓋子。便當盒裡有煎得過熟的荷包蛋、一堆綠油油的青江菜、切得厚薄不一的紅蘿蔔片，以及冷掉的炸豬排。

阿浪感到奇怪，正想開口問嘉樺為何要做便當給他吃時，嘉樺便馬上說：「我正好

在學做菜，所以想找個人來幫我吃看看。再說學長你經過前幾天的中毒事件，想必一定受驚了，所以這個便當順便給學長您壓壓驚，算是我的一點心意。」嘉樺說完微笑地看著阿浪，她知道阿浪鐵定不會拒絕她的一番好意。

其實這個便當她是特地做給阿浪吃的，目的當然是要跟嫦娥做抗衡。不過嘉樺並沒那麼笨，明著說自己是特地為他做的，她還想了個藉口，好讓阿浪能放心地吃自己的便當。

「這……」

阿浪盯著桌上的便當，心裡真是受寵若驚，他沒想到嘉樺居然會親手做便當給他。雖然他為此感到意外與驚喜，但當他看見便當盒裡的青江菜時臉色瞬間鐵青，他最討厭吃的就是青江菜了！

儘管從小到大身旁的人都不斷地告訴他青江菜是多麼的美味，有多麼的好吃，但他就是受不了那苦味。光是看到一堆綠油油的青江菜躺在白米飯上，他就忍不住皺起了眉頭，更別說要他將它們全都吃下肚了，那可真會要了他的命！

「這怎麼好意思……」

阿浪知道這是嘉樺的一番好意，他實在不忍心拒絕，但其實在他內心深處，他真正等待的那一味還沒來。

不知怎麼搞的，最近他吃嫦娥做的菜彷彿像上癮了一樣，一天沒吃到她親手做的

第六章

菜，他便渾身不對勁。並不是阿浪嘴挑，而是嫦娥每次做的菜偏偏就能恰到好處地合他的胃，於是儘管阿浪此時已餓得兩眼發昏，但他嘴裡仍孜孜念念著嫦娥親手做的菜。

「都已經十二點半了，嫦娥怎麼還沒來？」阿浪看了看錶，心裡焦急地想：「平常不到中午她就會來的呀，怎麼今天到現在連個人影都沒看見？」

阿浪的焦急全寫在臉上，他望著警局門口，此時外頭正嘩啦啦地下著傾盆大雨。

他看著如瀑布般直瀉而下的暴雨與撐著傘行色匆匆的路人，心思已飄到了遠方，完全忘了身旁還有一個正以怨懟眼神盯著他看的嘉樺。

嘉樺見阿浪遲遲不肯動筷，沒多久又望著警局門口，一副失神的模樣，她知道阿浪在想什麼，也明白阿浪不肯動筷的原因。

一股嫉妒之火燃燒著她，讓嘉樺對嫦娥恨得牙癢癢，她恨嫦娥這個不速之客闖進她的生活，她恨嫦娥什麼都沒做便輕鬆奪走了她愛慕多年的學長，讓學長的眼中再也看不見她的存在。

她恨，她好恨呀！

嘉樺那顆敏感又易碎的心，像有千萬隻螞蟻在啃咬般，讓她既痛楚又難受。她緊咬著牙，用尖銳的指甲狠抓著自己的手臂，她實在受不了了。她好想放棄，只要她放棄就可以立即解脫，但她實在不甘心。

「憑什麼？嫦娥憑什麼得到阿浪？她付出的有我多嗎？」嘉樺將指甲深深嵌進肌膚

裡，在內心堅定地說：「不，我絕不放棄，我不會放棄的。」

嘉樺靠驚人的意志力忍了下來，她深深吸了口氣，放鬆僵硬的身軀，勉強擠出笑容喊道：「學長。」

瞧阿浪沒反應，嘉樺又將唇貼近他的耳邊喊了聲：「學長。」

「喔，怎怎……麼了？」回過神來的阿浪一臉尷尬地看著嘉樺。

「學長，你快嚐看看呀，你看……」嘉樺自己動手拿筷子夾了一塊胡蘿蔔遞到阿浪嘴邊說：「這蘿蔔我可是用心雕刻呢，而且煮得軟爛，很好吃喔，你快嚐嚐看嘛！」

嘉樺以輕柔的語氣，邊說邊夾著蘿蔔直逼近阿浪的嘴邊，連哄帶騙地央求阿浪吃一口，她就不信阿浪這麼固執，一點面子都不給她。

但好死不死，嫦娥偏偏在這時出現了。

「不好意思，我晚到了。」

嫦娥拎著便當袋，全身溼答答地狼狽出現在警局裡。

阿浪一見到嫦娥倏地起身，繞過嘉樺，快步來到嫦娥面前。

他盯著嫦娥身上濕淋淋的衣裳，兩眼噴火。嫦娥那凹凸有緻的玲瓏曲線在雨水的加持下，此時正在他面前一覽無遺。見嫦娥絲毫未覺自己的身材已然使他人產生邪念，阿浪便覺得生氣，就不知剛才路上已被多少人看過。一想到其他男人盯著嫦娥身軀直看的

第六章

色瞇瞇眼神，阿浪就恨不得把那些人給揪出來直接戳瞎他們的眼睛。

阿浪二話不說趕緊脫下自己的制服上衣，粗魯地用衣服將嫦娥的身軀給緊緊包裹起來。

他正想發怒，但一看到嫦娥頰邊正滴著水的一絡髮絲，以及她蒼白的臉龐，他頓時又覺得於心不忍。

「怎麼把自己搞成這樣？」他又氣又心疼地問。

「喔，剛剛外頭突然下起了大雨，我躲進一家便利商店，原以為雨一下子就會停了，但雨卻一直沒停，我怕你肚子太餓等不及，就冒雨衝了過來。」

阿浪生氣地說：「妳是不會在便利商店買把傘嗎？」

「因為我……」嫦娥全身打起了冷顫，並打了個噴嚏：「哈啾！」

「因為我忘了帶錢包出門。」嫦娥吐吐舌接著說：「別說了，你肚子肯定餓壞了，快來吃飯吧。便當我把它護在懷裡，它沒濕，還是熱的喔。」

嫦娥伸手拉著阿浪，準備帶他回位置上。阿浪感受到嫦娥手上所傳來的冰冷，他盯著嫦娥另隻手所提著的便當袋，內心頓時火冒三丈。

阿浪兩腳釘在原地，動也不動。嫦娥拉不動阿浪，正好奇地回過頭來，只見阿浪一臉氣呼呼地說：「便當有那麼重要嗎？有比自己的健康重要嗎？妳為什麼就不能好好照顧自己的身體？如果今天妳病倒了，你以為我還可以吃的下飯嗎？」

看著阿浪生氣的模樣，嫦娥知道自己錯了，她不該讓阿浪為她擔心。她垂下眼瞼認真地道歉：「對不起……」話才剛說完，嫦娥又打了個大噴嚏：「哈啾！」

「阿浪，好了啦，她又不是故意的，別生氣了。」石頭走過來說。

「是呀，她都快冷死了，別再罵她了。」達哥也過來說。

其他辦公室同事們這時也都靠了過來，其中幾個男員警還熱心地遞來自己的乾毛巾、外套給嫦娥，希望她能擦擦頭髮，讓身體溫暖些，但這些卻都被阿浪給中途攔截掉了。

阿浪不理會眾人，逕自帶著嫦娥回到自己的座位上，他抓起椅背上掛著的一件厚外套，再次將它披在嫦娥身上。接著他拉出一格格抽屜，東翻西找地找出一條還沒用過的毛巾，將它展開後，在嫦娥濕答答的頭髮上，迅速地來回擦了擦。

同事們看出阿浪所表現出的強烈佔有慾，他們不敢再有進一步的動作，只能摸摸鼻子各自散去。

將這一切都看在眼裡的嘉樺仍站在阿浪的辦公桌後方，打從嫦娥出現後，阿浪就一眼都沒再看過她。甚至在他倆來到辦公桌旁時，也沒注意到身後的她存在，幾乎把她給當作空氣般遺忘。

嘉樺感到既生氣又難過，她緊咬著下唇，看著眼前阿浪一邊幫嫦娥擦拭著濕髮，一

邊對她噓寒問暖的甜蜜模樣，她的眼眶紅了起來。嘉樺默默往後退了幾步，她真想轉身一走了之，但她那固執頑強的心卻又不肯放她走，她頓時陷入兩難，心中猶疑不定。

忽然，一雙強而有力的手在她的肩上輕拍了兩下。

嘉樺回過頭，發現拍她的人是石頭。

石頭看著阿浪和嫦娥，輕聲對嘉樺說：「嘉樺，我想妳差不多也該放棄了，阿浪心中已經有了嫦娥，妳再這麼下去只是折磨自己而已，何苦呢？」

「石頭學長，謝謝你安慰我，我知道自己在做什麼，請你別管我。」

「唉……嘉樺……」

直到這時阿浪才注意到一旁的嘉樺和石頭。

「啊，嘉樺，妳還在這呀？」阿浪轉頭問。

「是呀。」嘉樺苦澀地說。

阿浪看著桌上的便當，這才想到嘉樺做了個便當給自己吃，這下他可苦惱了。他盯著桌上已攤開的便當盒，又看了看手裡嫦娥所做的便當，露出了為難的表情。

嫦娥瞧阿浪桌上放了個便當，她指著便當好奇地問：「這是誰做的呀？」她看著阿浪，見阿浪不回答，她又看了看站在一旁的石頭與嘉樺。

石頭尷尬地不知道該不該說才好，而嘉樺卻大方地承認：「是我做的。」

「喔，有人做便當給你吃呀，你真是艷福不淺呢！」嫦娥調侃著阿浪，雖然她嘴巴說得輕鬆，但心裡頭卻頗為吃醋。從以前她就知道阿浪的女人緣一直都很好，但沒想到換了個時代後，阿浪還是照樣能吸引住女人的目光。

嫦娥看著嘉樺，將她全身上下給打量了一番。眼前的女人身上所散發出來的氣息是她先前所沒見過的，從嘉樺無所畏懼迎視她的眼神中，她看到了堅強與勇氣，還有強烈的敵意。

「這女人看來可不簡單。」嫦娥在心裡暗下結論。

嘉樺見嫦娥正打量著自己，她心裡更加不快，被阿浪冷落的憤怒竟使她將這股怒氣全轉移到嫦娥的身上。她目光灼灼地瞪視著嫦娥，直想在她身上瞪出個窟窿。

兩個女人間的暗濤洶湧，讓一旁的阿浪與石頭不禁豎起了寒毛。阿浪甚至覺得有些心虛，好像他腳踏兩條船似的，但其實他根本什麼也沒做。

在僵硬的氣氛中，阿浪吞吞吐吐地對嘉樺說：「嘉樺，那個……我……」

嘉樺望著阿浪愧疚的臉孔，心裡早已猜出了八九分，她連忙搶先一步說：「阿浪學長，不好意思，恐怕要讓你失望了。」

阿浪疑惑地看著嘉樺，只見嘉樺上前一步，端起桌上她所做的便當，轉身將它交給一旁的石頭說：「剛剛石頭學長一直跟我唉，說他肚子好餓，所以就在剛剛，我已經決

第六章

定把便當送給他吃了。真可惜，阿浪學長，你沒口福了。」

聽完嘉樺的話，阿浪心裡頓時鬆了一口氣，他大方地對石頭說：「沒關係，既然你肚子那麼餓的話，那你就快點拿去吃吧。」

石頭先是被嘉樺的話給嚇了一跳，因為嘉樺壓根沒對他說過便當要給他吃的事，更何況他剛買的雞腿便當還擱在桌上，正等著他回去好好享用呢，沒想到這下卻突然又多了個便當。

石頭很想大聲說他根本吃不下兩個便當，但當他一看到嘉樺那故作堅強的模樣，讓他頓時有些心疼，不得已的他只好配合演出。

他露出一副垂涎三尺的模樣，捧著便當興高采烈地說：「阿浪，真可惜，反正你有兩個便當，這個便當我就不客氣地吃嚕。」石頭聞了聞便當，陶醉地繼續說：「哇啊，這菜聞起來真香，你不吃還真可惜！」

阿浪不明白嘉樺怎麼會突然把原本要給他的便當轉贈給石頭，但這的確替他將問題給解決了，這下他就不必為了該如何開口拒絕嘉樺而感到苦惱。

「石頭，你可真要好好地給它嚐嚐看，這便當可是嘉樺親手做的，裡頭的蘿蔔煮得軟爛，待會兒你一定要把它給全部吃光光。」阿浪開心地對石頭說。

「喔，一定一定。」

石頭尷尬地笑著，內心卻煩惱著待會兒該去哪多生出一個胃來，好裝的下兩個便

當。早知道會這樣，剛剛他就不應該還叫便當店老闆替他加飯才對，現在可好了，這下連晚餐都省了。

「走吧，石頭學長，別光站在這，趕快將便當拿回座位上吃吧。」嘉樺故意勾著石頭的手臂，她想知道阿浪見到後會有什麼反應，但阿浪卻一點也沒注意到。

「喔，好好好。」石頭連聲附和。

嘉樺故作開心地拉著石頭離去，但她內心可一點也高興不起來，腳每往前踏一步，她的心便直往下沉，步伐也變得益發沉重。

望著嘉樺落寞離去的背影，嫦娥陷入沉思。雖然她不清楚剛剛在她未出現前，阿浪和這個叫嘉樺的女人間究竟發生了什麼事，但在嘉樺適才轉身離去的那一刻，她看見了眼淚在她的眼眶中打轉。

心思細膩的嫦娥很快就明白箇中緣由，這個叫嘉樺的女人喜歡阿浪！

「錯不了的，她一定是喜歡阿浪。」

嫦娥回想著嘉樺看阿浪時的眼神，那種眼神就跟以往喜歡后羿的姑娘一樣，是一種近乎痴迷的灼熱目光。

嫦娥為這突如其來的發現感到意外，她回頭看著正低著頭狼吞虎嚥吃著便當的阿浪，阿浪儼然一副渾然不覺的模樣。嫦娥不禁嘆了口氣，她不知道該怪阿浪遲鈍，還是

第六章

嘆嘉樺喜歡上了一個呆頭鵝。

「不過，不管怎麼樣，我是不會將阿浪讓給妳的。」嫦娥在心裡想：「我好不容易才找到他，好不容易才能跟他在一起，我是不會輕易將他讓給別人的。」

「妳在想什麼？」阿浪盯著發呆的嫦娥問。

「沒什麼。」嫦娥笑了笑，接著她拿起自己所帶的另一雙筷子，夾了一塊便當盒裡的東坡肉送到阿浪嘴邊說：「這是我新學會的菜色，你嚐嚐這味道你喜不喜歡，來，啊……」

「啊姆。」阿浪一口吃下，並津津有味地咀嚼著，吃完他滿意地說：「好吃，這個味道我喜歡。」

「喜歡是吧？既然喜歡的話，那我以後就經常做給你吃。」嫦娥滿心歡喜地又夾了塊肉送進阿浪的嘴裡。

「嗯。」阿浪邊吃邊點頭。

阿浪和嫦娥如此甜蜜的互動，不知羨煞了多少辦公室同僚，大家都知道阿浪有一個美若天仙的女友。雖然阿浪從沒問過嫦娥願不願意當他的女朋友，但他倆的相處模式，簡直就跟熱戀中的情侶沒什麼兩樣。

此後，嫦娥經常送便當到阿浪的辦公室去，阿浪也幾乎天天回家去住，到最後他索

性退掉警察宿舍，搬回家去住省得麻煩。

從前的阿浪嚮往一個人自由自在的生活，但現在的他倒覺得有個人在家等他的那種感覺也不錯。

隨著相處的時間越久，嫦娥和阿浪辦公室的同仁也越來越熟絡。大家原本就對嫦娥有著極好的印象，再加上嫦娥的個性溫柔婉約，手藝更是一級棒，因此深獲眾人喜愛。每當辦公室有聚會或任何活動，大家都會要阿浪帶著嫦娥前來同歡。

阿浪一開始都只是推拒，但禁不起大家的再三邀請，最後不得不帶著嫦娥一同出席。而只要嫦娥一出現，她便成為眾人矚目的焦點，大家都把她當女神般景仰，儘管她已名花有主，但愛美之心人皆有之，大家都真心地喜歡嫦娥，就算不能有進一步的發展，大家還是依然關心著她的一切。

嫦娥再度嚐到被眾人捧在手心裡呵護的感覺。在家發來嬸對她就像對自己女兒般疼愛；在阿浪的同事間，嫦娥也得到了許多關心與照顧；而在阿浪身上，她更得到了夢寐以求的愛情。

不僅是在「人」方面，在「事物」方面，嫦娥覺得現代生活實在是太方便了。人手一支手機，無論對方在哪都可以立刻找的到，而網路更是拉近國與國之間的距離，其他像是衣服、鞋子、化妝品等琳瑯滿目的東西，更是讓嫦娥對這個世界深愛不已。

很快地，嫦娥已對這個世界深感著迷，她快樂得幾乎忘了當初下凡的目的。

第六章

由於阿浪生死簿上的第二個死劫嫦娥並沒有看完，因此她也不知道要到何年何月何日，阿浪的第二個死劫才會來臨。雖然生死簿上寫著阿浪三十歲時會有兩個死劫，但嫦娥不敢肯定會不會因為她的介入，而為阿浪的命運掀起更多的波濤。

儘管一想到此，嫦娥便擔心不已，但她相信只要她一直待在阿浪身邊，那麼他絕對可以平安渡過的。其實她私心的想為自己找個藉口，讓她能繼續留在阿浪的身邊，她已經不想再回到那漆黑狹小的廣寒宮裡，一個人飽受孤單與相思之苦了。

隨著阿浪和嫦娥之間的感情越濃烈，這種不願分離的意志也越強烈。到最後嫦娥把阿浪家當成了自己的家，也完全忘了自己是個仙女的身分。

對照沉浸在幸福氛圍中的嫦娥，有個人卻相反的益發消沉，那個人就是嘉樺。

＊＊＊

這天夜裡，嘉樺獨自一人來到酒吧。

點了一杯伏特加的她，坐在吧台前獨飲了起來。

酒一杯接著一杯，當作開水般猛往嘴裡倒。沒多久嘉樺的整張臉就已經紅得像關公一樣。

她搖晃著身軀，對酒保吆喝著：「酒，再給我一杯。」

這時酒保正為其他客人調製著雞尾酒，他望著眼前這已然喝醉，兩眼都快睜不開的女人。這種女人他見多了，多半是被男人甩了，才會在深夜到此買醉。

酒保在心裡冷笑一聲，他想：「酒肉穿腸肚，想藉酒來忘卻一切的痛苦，但隔天還不是會清醒過來，誰又能醉茫茫地逃避一輩子呢？」儘管他心裡這麼想，但他還是堆起職業性的笑容，對嘉樺說了聲：「好，馬上來。」

無法立刻拿到酒的嘉樺，就像個要不到糖果的孩子一樣，任性地拍著桌子大叫著：「酒，我要酒，快給我酒。不管，人家就是要酒啦！」

受不了大吵大鬧的嘉樺，酒保趕緊調了一杯伏特加遞到她面前。

此時的嘉樺早已喝醉，她以為喝醉後的她就可以不再痛苦，但她錯了。

只要一想到阿浪，她的胸口就鬱悶得難受。

眼淚湧上了眼角，心中無限淒楚，嘉樺認為一定是自己喝得不夠多。

儘管她覺得有些天旋地轉，酒杯在她眼中也出現了無數個疊影，但她還是執意拿起酒杯一飲而盡。正當她好不容易拿起桌上的酒杯時，突然冒出的一隻手卻將它搶走。

嘉樺手中一空，一開始她還迷迷糊糊地想著酒杯怎麼突然消失不見了，她看了看兩旁，這才發現原來是被身旁的一位高大男子給搶走了。

嘉樺抬頭仔細看著男子的面孔，許久她才認出對方是誰，而這名男子就是石頭。

第六章

其實石頭已經觀察嘉樺許久了，他知道依嘉樺的個性，表面上她會在大家面前裝做沒事，但其實私底下卻一個人痛苦得要命。

這次下班後他不放心地跟著她，沒想到居然會跟到酒吧這個地方來。

一開始石頭只是默默地坐在角落，觀察著嘉樺的一舉一動，但他所看到的是一個不愛惜自己生命，拼命把酒往肚裡吞，想藉此麻痺自己的傻女人。

石頭實在是又氣又心疼，他終於受不了，才過來搶走嘉樺手中的酒杯，並將杯中的酒一飲而盡。

「酒，我的酒呀，把我的酒還來。」

眼看她的酒被搶走並被喝掉，嘉樺氣得噘起嘴來。

平常的嘉樺是不會擺出這麼女性化的姿態，但因為今天酒喝多了，所以連她自己也沒意識到。

「別喝了，走，我們回去吧。」

石頭放下酒杯，攙扶著嘉樺想離開這個地方，但嘉樺卻一把揮開他的手，並說：「別管我，讓我喝，我還要繼續喝，我要不醉不歸！」接著她對酒保喊著：「再給我一杯。不，再給我兩杯……不不不，來個三杯好了……」

「別再喝了，妳已經醉了，回去吧。」

石頭抓著嘉樺胡亂揮舞的右手，並用另一隻手扶著她的身軀，想趕緊將她帶離。但

嘉樺的牛脾氣卻在這時發威，她奮力掙扎著，硬是賴著不走。

就在僵持不下的情況下，嘉樺突然轉過身面對著石頭，並伸出食指戳著石頭的胸口不客氣地問：「石頭學長，你說，我黃嘉樺到底有哪一點不好？我有哪一點比不上那個嫦娥的，你說，你給我老實的說清楚！」

「唉呀，妳喝醉了。別鬧了，我送妳回家。」

石頭知道喝醉的人真是不可理喻，尤其喝醉的女人更是別隨意招惹。

他知道自己淌了一灘渾水，沒事替自己找麻煩，但念在同事這麼多年的情誼上，石頭還是無法狠心丟下嘉樺一個女人留在這裡。儘管她的身分是個警察，但他覺得喝醉了的她還是會有危險。

石頭硬是想帶走嘉樺，但嘉樺不肯，兩人間拉來扯去，引來了周圍的人側目。

「吼，你別拉我啦，我要你老實跟我講。」嘉樺醉眼迷濛地看著石頭。

石頭見拉不動嘉樺，索性一屁股坐在她身旁的高腳椅上，耐心地慢慢和她耗。

「好吧，妳要問什麼我都可以回答，等妳滿意了，妳就立刻和我回去，行吧？」

「行。」嘉樺高聲回答，接著她傻笑一番後，才問石頭：「學長，你覺得我漂亮嗎？」

「嗯，漂亮。」

石頭說的是實話，雖然嘉樺的個性較為陽剛，但外貌還算中上，若認真打扮起來定

第六章

是美女一位，所以石頭並不完全是在敷衍她。

嘉樺開心地咧嘴笑著，但下一秒她卻苦著張臉問石頭：「既然你說我漂亮，那麼你告訴我，為什麼阿浪不喜歡我？」

石頭一時語塞，他不知道該如何回答這個問題，但他知道如果不回答的話，那麼今晚他們大概離不開這裡了。

他沉思了一下後，從懷裡掏出一包七星，燃起一根菸，開始慢條斯理地抽了起來。

「你說呀，明明就是我先喜歡上阿浪的，為什麼嫦娥一出現一切就變了？為什麼？」嘉樺咄咄逼人地問。

「嘉樺……」石頭從嘴裡呼出一口菸後，語重心長地說：「感情的事不是一個先來後到的問題，也並不是說妳不夠優秀，這完全在於一個『緣』字，也許妳跟阿浪有緣無分吧。」

石頭轉頭一看，只見嘉樺臉上早已爬滿了淚水。

儘管石頭覺得自己很殘忍，但他還是必須說：「放手吧，這樣妳的痛苦會少一點，就算你們無法成為情人，但至少還能當一輩子的朋友。但如果妳再這樣執迷下去，是不會有什麼好結局的。」

「可……可是我……我真的很喜歡他呀……」

嘉樺撲到石頭懷裡放聲哭了起來。

由於酒精的作用，嘉樺完全不知道自己酒後失態，她拋開了一切的矜持與尊嚴，在石頭的懷裡哭得像淚人兒一般。

「我已經喜歡阿浪兩年了。這兩年，我每天睜開眼最期待的一件事，就是能在辦公室裡見到他。連在睡夢裡，我都能夢見他拿著一把手槍，隻身衝進敵營，救出被歹徒挾持的我……」嘉樺抽抽噎噎地說著：「我一直很努力、很努力，努力想成為一個可以匹配得上他的女人，他是如此的優秀……好不容易我覺得我自己夠格了，正想表白心意時，想不到……想不到……」

石頭將還剩半截的菸捻熄在菸灰缸裡，轉身輕拍著嘉樺的背安撫著：「盡情地哭吧，就把它當作夢一場。哭完了，淚乾了，夢也該醒了，人生還有好長的路要走呢。很快地，妳就會遇上一個對的人，那時妳就會發現，現在的自己真的是哭得好傻、好傻。哭完了，累了，那就睡吧，我會在妳身旁陪妳的。我知道妳很堅強，相信很快妳就能恢復原樣……」

在石頭的輕聲安撫下，嘉樺漸漸停止了哭泣。

哭完後的她頓時覺得身心俱疲，她的眼皮變得好重、好重，也許是石頭的話帶著一股神奇的魔力，又或許是她連日來沒好好睡個覺的關係，沒多久她便一腳踏進了夢鄉。

看著安心睡在他臂彎裡的嘉樺，石頭忍不住吐了口長嘆。

接著他揹起嘉樺，付完錢後便離開了酒吧。

第六章

＊＊＊

轉眼間，自嫦娥下凡以來已過了快一年，一年一度的中秋佳節又即將到來。

今年阿浪所在的分局舉辦了個中秋節烤肉大會，地點就選在烏來溪邊，大家可以一邊玩水一邊烤肉，而嫦娥當然也獲得邀約。

午後一點的烏來溪邊，太陽如火烤般炙人。

阿浪一群人大包小包的，挑了一處略微涼爽的大石頭旁，大遮陽傘一撐，烤肉架一搭，眾人便開始忙碌地生火烤肉起來。

待炭火燒得通紅後，除了負責烤肉的人之外，其他人都跑到溪裡玩水去了。

這時負責烤肉的人只能乾巴巴地看著大家在一旁戲水，自己卻要坐在熱得要命的烤肉架旁負責眾人的伙食。且人多嘴就多，這一趟共來了十六個人，十六張嘴飢腸轆轆地等著食物吃，通常食物才剛烤好，立刻就被大家給瓜分乾淨，猶如蝗蟲過境一般。

阿浪就是這次負責烤肉的大廚。他不喜歡將自己弄得渾身溼答答的，那只會令他不舒服，所以他自願在岸邊負責烤肉，而貼心的嫦娥當然也在一旁充當他的小助手，不時替他擦擦汗、搧搧風解解熱。

今天來烏來的人潮十分眾多，兩排馬路上皆停滿了車子，溪邊每隔一段距離就有一群人圍成一圈在烤肉。三不五時可聽見肉架上的肉汁滴在炭火上而發出吱吱作響的聲音，烤肉醬的香氣更是飄香千里，讓人肚子忍不住咕嚕嚕叫了起來。

大人小孩拿著魚網彎下身在溪裡撈魚，有的則拿著水槍玩起了追逐大戰。家裡有狗的，也都帶出來曬曬溫暖的太陽。

只見一隻體型巨大的拉布拉多正浸泡在冰涼的溪水中，樣子好不痛快。待牠從溪裡走上岸時，突然停下腳步，抖動全身，使得身上的水珠四處飛濺，弄得周圍的人一身濕。

就在一片歡笑聲中，大家渡過了一個悠閒的午後。

吃飽玩累了，月亮也在這時悄悄爬上了枝頭。

這時溪邊的人潮已減，但還是有些人和阿浪他們一樣眷戀著不肯離去。他們將剩下未燃燒完的炭火當成營火，十六個人圍坐在炭火旁，此時正開心地說說笑笑著。

「嫦娥，今天可是妳的大日子喔。」志明笑著對嫦娥說。

「喔？我怎麼都不知道？是什麼大日子呀？」嫦娥好奇地問。

「今天中秋節，嫦娥奔月嘛！」

志明說完大家跟著笑了起來。

第六章

嫦娥心一驚，非但笑不出來，反而臉色慘白。

「嫦娥，等等妳該不會就要飛到月亮上了吧？」志明轉頭對阿浪開玩笑地說：「阿浪，你可要好好看緊你身旁的美嬌娘，否則她一旦飛回月亮上，你的損失可就大了。」

「志方，你別鬧了。」阿浪不以為意地輕笑著。

志明無心的玩笑，聽在嫦娥耳裡可是非同小可，她的臉色倏地凝重了起來，嫦娥後來才知道原來後世的人都把「嫦娥奔月」，也就是她和后羿的故事給記載了下來，但大家都以為這故事只是虛構，卻不知道故事裡的一切盡是真的。

嫦娥也明白志明只是在開她玩笑罷了，但……正因為她就是大家所知的「嫦娥」，不是只是剛好同名而已，而根本就是她本人，所以她一點也笑不出來。

嫦娥抬頭望著天上那又圓又亮、散發著皎潔光輝的無瑕明月，突然她感到一股沒來由的害怕與恐懼，她回想起之前吞下「長生不老藥」後，飛到月亮時的畫面，當時的情境如今依舊歷歷在目。

她伸手緊抓著阿浪的衣袖，向他身旁挨近了些。

「學長，我叫志明，你又叫錯了啦！」志明抱怨著，而在他身旁的春嬌則笑得口水都噴了出來。

「好啦好啦，你叫什麼名字並不重要，你看你……」阿浪轉頭看著緊靠著他的嫦娥，他用譴責的語氣對志明說：「你嚇到她了啦！」

志明對著臉色不太好看的嫦娥道歉說：「不好意思啦，嫂子，是我亂說話嚇到妳了，妳可別放在心上喔。」

嫦娥沒理會志明，她從阿浪的肩膀後頭抬起頭，偷覷了一眼天上的月亮。

她老覺得月亮上似乎有人正瞪著她，觀察著她的一舉一動，這令她感到惴惴不安。

她心煩意亂地想著：「不知道偽裝成我的麻糬人，現在到底怎麼樣了？應該還沒有穿幫吧？」

見嫦娥沒答話，一臉失神的模樣，阿浪出聲斥責志明：「別亂叫，什麼嫂子？八字都還沒一撇呢！」

「快啦，什麼時候喝你喜酒呀？我們都很期待呢。」石頭插進來說。

阿浪不想在此時談論這個話題，他看了眾人一眼，然而大家臉上都一副八卦的表情。也就在這時，他突然發現少了一個人，於是他又看了眾人一圈後，才問：「奇怪，嘉綺呢？她怎麼沒來？」

「嘉綺？」王sir抱著他那已沉沉入睡的八歲小兒子輕聲說：「你是說嘉樺吧？」

「啊，對對對，是嘉樺，她人呢？」阿浪問。

石頭在心裡暗想：「真有你的，到現在才發現嘉樺沒來。可憐的嘉樺，若她知道她

第六章

在阿浪心中的存在感是這麼低的話，她一定會難過死的。」

石頭對阿浪解釋：「她今天身體不舒服，所以就沒跟我們一塊來了。這件事她昨天就有告訴大家了，是你自個兒忘了吧？」

阿浪歪頭想了一下昨天的情景。

那時嫦娥送便當過來，他正高興地吃著午飯，而嘉樺這時似乎跟大家說了些什麼，但他卻忙著跟嫦娥說話，沒仔細聽清楚，原來嘉樺那時要說的就是這事呀。

「喔，原來……」阿浪一臉恍然大悟。

「真是的！」石頭有些生氣地說：「阿浪，你可以再迷糊一點！」

此時，一旁已恢復鎮定的嫦娥，聽見阿浪正和別人談論著嘉樺，她覺得心裡很不舒服，於是她小聲地對阿浪說：「我想回家了。」

「回家？」阿浪有些意外。

嫦娥點了點頭，她不想再見到頭上的那顆月亮了。

「既然妳想回去，那我們就走吧。」

接著阿浪牽著嫦娥的手站了起來，並對眾人說：「我們要先回去了，你們繼續慢慢聊吧。」

「才幾點而已就要走了呀？」達哥說：「再多待一下嘛，急什麼？」

嫦娥堅決地搖了搖頭，執意要回家。

「對呀，我們等等還要去唱歌呢，你們不去喔？」志明問。

阿浪擺了擺手說：「不去了，你們玩得開心點，我們要先走了。」

「既然這樣，好吧，掰掰。」志明揮手道別。

「掰掰。」其他人也跟著揮手說再見。

「掰掰。」

在大家的目送下，阿浪帶著嫦娥坐上了他的野狼，呼嘯離去。

一路上，嫦娥一直緊抱著阿浪不放。

阿浪不明白嫦娥究竟怎麼了，他開口問，但嫦娥並沒有回答，於是他只能拍拍嫦娥的手，試圖給她一點安慰。

騎了許久，「滿再來餅舖」總算到了。

今天店裡的生意還是一樣地好，甚至有過之而無不及。店裡的客人進進出出，員工們也是忙進忙出，發來嬸數鈔票的手更是停不下來，生意之好差點讓阿浪及嫦娥連門都擠不進來。

自從店裡生意蒸蒸日上之後，發來嬸多聘請了五位員工，平時他們輪流來上班，而

第六章

今天恰逢中秋佳節，所以五位員工都到齊了，只見他們忙碌的身影不時在人群中穿梭著。

發來嬸今天穿著一件紅色客家衫，上頭綴有一些小碎花圖案，臉上略施薄粉，整個人呈現出喜氣洋洋的氣息。身材矮小的她此時正站在收銀機後方，邊收著源源不絕的鈔票，邊笑容滿面地招呼著客人。

當阿浪及嫦娥好不容易擠進店裡時，有個男客人左右手各拎著五袋餅正準備離去，臨去前還把嫦娥給撞了一下。

店裡頭人聲鼎沸，但在吵雜的喧嘩聲之下，仍隱約聽的到悅耳的歌聲緩緩從音響裡傾瀉而出。那嘹亮婉轉的歌聲，正是來自天上雲雀——鄧麗君小姐的歌喉，她正唱著「但願人長久」。

由於嫦娥對這首歌特別有感覺，發來嬸也很喜歡，於是他們倆就決定將這首歌當作店歌來用，三不五時就會播放一下，發思古之幽情。尤其在今夜——中秋之夜，這首歌更是適合用來播放。

嫦娥被客人用力撞了一下後，整個人差點跌坐在地上，幸虧阿浪及時扶住，嫦娥才沒跌個四腳朝天。

阿浪見嫦娥臉色蒼白，一副失神的模樣，他體貼地說：「妳先上去休息吧，我在這裡幫忙一下，等等我再上去看妳。」

嫦娥點點頭，順從地上了樓，回到了自己的房間。

嫦娥躺在床上，內心十分煩悶，左思右想越想越煩躁。

沒多久，窗邊突然傳來「叩叩叩」的聲音，嚇了她一跳。

她從床上彈起，兩眼緊盯著窗玻璃直瞧。

窗外世界一片漆黑，她正懷疑自己是不是聽錯時，窗邊又傳來了「叩叩叩」的聲響，外加一聲輕喚：「嫦娥，妳在嗎？」

先是一對長耳朵，接著玉兔的腦袋便鬼鬼祟祟地露出在窗外。

嫦娥立即起身，來到窗邊，打開窗，一個白色的身影如閃電般躍進了屋內。

嫦娥定睛一看，那全身雪白、毛茸茸的小傢伙，不就是玉兔嗎？

嫦娥開心又激動地緊抱著玉兔，但才歡喜沒多久，她便察覺事態不對，玉兔不應該出現在這裡的，一定是上頭發生了什麼事。

嫦娥放開玉兔，惴惴不安地問：「玉兔，你怎麼來啦？是不是……」她貼近玉兔耳畔小聲問：「上面出了什麼事？」

玉兔擺動著牠那雙長耳朵，憂心忡忡地說：「嫦娥，妳什麼時候要回來？王母娘娘已經起疑心了，我是特地偷偷下凡來警告妳的。」

「這到底怎麼回事，快告訴我！」

第六章

「這件事說來話長……」

約莫過了一炷香時間，玉兔語畢，兩人均低頭陷入沉思，屋內瀰漫著一股沉重的氣氛。

透過玉兔的傳達，嫦娥知道偽裝成她的麻糬人，昨日在伺候王母娘娘時，不慎將端給王母娘娘的蔘茶翻倒。當滾燙的茶水濺著自己時，麻糬人卻一點反應也沒有，不覺得燙，也不喊疼。

當麻糬人發覺不妙，假意裝出燙到的神情時，王母娘娘卻用一雙銳利的眼神直盯著她瞧，讓她只能以不自然的笑容敷衍過去。

回房後，她立刻向玉兔報告此事。

玉兔一聽完便急得在房間裡猛打轉，牠猜王母娘娘一定早就看出來了，只是沒說破罷了，雖然牠不明白王母娘娘的用意是什麼，不過牠還是擔心地趕來通知嫦娥這件事。

「可是……我還沒幫助阿浪……」許久，嫦娥終於打破沉默緩緩地說：「嗯……也就是后羿渡過最後的死劫呢。」

「妳自個兒都要倒大楣了，妳還有心情去關心他的事！妳真的是吼……」玉兔氣呼呼地說，突然牠想到了什麼，話鋒一轉，沉下臉來問嫦娥：「妳該不會已經捨不得離開這裡了吧？」

嫦娥被人一語道中心事，心虛地低下了頭。

「不行！」玉兔大聲說：「嫦娥妳別忘了妳是神仙，他是凡人，你們倆是不可能在一起的！」

「我知道……」嫦娥一臉落寞。

「既然知道，妳就快點回來吧，妳是不可能在他身旁待一輩子的。」

見嫦娥雙眉深鎖、面容哀戚的模樣，玉兔不忍再多說，於是最後牠說：「我話就說到這裡，我得趕緊趕回去才行，嫦娥妳好好想想吧。到時禍到臨頭，別說我跟吳剛幫不了妳，妳還有可能會拖累后羿呢！唉，不說了，我走了。」

玉兔說完便跳出窗外，振著牠的雙耳當作翅膀，朝著月亮的方向飛去。

嫦娥頹坐在床沿，面容憔悴、眼神呆滯，其內心更是苦澀煩憂。

「叩叩叩。」

嫦娥以為玉兔去而復返，但這次卻是阿浪在門外敲門的聲音。

「是我，快開門。」

「來了。」

嫦娥深深吸了口氣，並用雙手拍了拍臉頰，好讓自己振作些，接著她來到門邊開了門。

第六章

當開門之際，阿浪的目光先是掠過嫦娥，在房裡巡視了一圈之後，他才問：「妳剛才在跟誰說話？」

「沒……沒有啊。」嫦娥擔心阿浪是不是全聽見了，於是她小心翼翼地問：「你聽見了什麼？」

「我剛剛聽見妳和別人說話的聲音，不過我沒聽清楚你們對話的內容。」

嫦娥鬆了口氣，對阿浪說：「那肯定是你聽錯了，你看。」

嫦娥側身讓阿浪進房來好好瞧個仔細。

「我房裡又沒半個人影，怎麼可能會跟別人說話。」

阿浪走進房間四處看了看，果真一個人也沒有。

他狐疑地摸了摸下巴，喃喃自語地說：「奇怪了。」

嫦娥敲了一記阿浪的頭說：「我看奇怪的人是你吧，你躲在我房間外頭偷聽是吧？」

阿浪雙手交叉揮了揮，連忙解釋：「哪有，我只是上來叫妳下去吃晚飯，然後剛好聽到妳房間裡好像有說話的聲音，才問問而已，我沒事幹嘛偷聽妳房裡的動靜？」

阿浪急欲辯解的模樣，逗得嫦娥忍不住噗哧一笑，她說：「好啦，我明白，你不用再解釋了，再說只會越描越黑罷了。」

阿浪見嫦娥總算恢復開心的笑容，他也跟著咧著嘴笑了起來。

笑完後，阿浪突然一反常態，感性地對嫦娥說：「蝶兒，我真希望妳能永遠待在我身邊，不要離開我。」

說完阿浪緊緊握著嫦娥的手，他心中隱約有一種感覺，彷彿嫦娥就快要消失不見似的。畢竟阿浪對嫦娥的身分背景一概不明，嫦娥就這麼莫名地闖進他的生活中，但他的生活早已不能沒有她了，他深怕有一天嫦娥就這麼消失不見。

或許是受到了志明今晚說的玩笑話所影響，阿浪開始考慮必要時他是不是該拿出身上的手銬，將嫦娥給永遠銬在自己的身邊。更務實一點的想法，阿浪腦海中閃過一個念頭，那就是——結婚！

沒錯，只要結了婚，他就用不著擔心嫦娥會離他而去了，他可以名正言順地將嫦娥牢牢地栓在自己的身邊。

一想到嫦娥為他披上嫁衣的美麗模樣，阿浪忍不住沉浸在自己的幻想中。

嫦娥聽見阿浪如此露骨的表白，雖然有些不習慣，但內心裡其實相當開心。不過當她想到玉兔剛才和她說的那番話時，苦澀的心情便湧了上來。

嫦娥無法給予阿浪任何的承諾，於是她選擇不做回應。

「笨蛋，我的名字是嫦娥，你又把我的名字記錯啦！」嫦娥敲了阿浪的頭一記說。

這一敲把仍置身在幻想中的阿浪給拉回了現實，他搔著頭，俏皮地吐吐舌、眨眨眼說：「對吼，我又記錯了！」

接著他又說：「唉呀，記什麼名字嘛，真麻煩！叫老婆的話我肯定是不會叫錯的。」說完還覷了嫦娥一眼，觀察她的反應。

嫦娥知道阿浪意有所指，但她只是莞爾地笑了笑，便說：「別在那貧嘴了，我們快下去吃飯吧，讓伯母等久了可不好。」

嫦娥推著阿浪離開了房間。

阿浪知道嫦娥一定明白他的意思，只是不好意思罷了，雖沒能得到嫦娥口頭上的答案，但他的心情卻頗為大好。

「好啦，我知道了，別再推了。」

阿浪高興地哼著歌，踩著輕快的步伐下了樓。而跟在他身後的嫦娥，看著他一副歡天喜地、幸福洋溢的模樣，她實在難以想像，當她離開了以後，阿浪會怎麼樣？

她實在難以想像……

第七章

「嘟嘟」一封簡訊傳至的聲音響起。

下班剛洗完澡的嘉樺正圍著浴巾，邊側著頭擦拭著自己濕淋淋的烏黑秀髮，邊走到梳妝台前拿起手機，點開信件，閱讀著上頭的內容。

「今晚十點，水漾公園鞦韆旁見，不見不散，阿浪。」

嘉樺看了眼珠子差點沒掉下來，她將簡訊來回看了好幾次，她實在不敢相信阿浪居然會主動約她出來。

過去嘉樺曾傳過大大小小的簡訊給阿浪，大至警局的開會通知，小至私底下的關心問候，但阿浪總是一板一眼的回答。因此這時候阿浪居然會主動約她出來，這實在是令她感到錯愕與驚嚇。

嘉樺握著手機，坐在床緣，心裡納悶著阿浪找她會有什麼事。是要問她昨天為何沒和他們一起去烤肉？還是說阿浪已經察覺出自己對他的心意，而想與她說清楚講明白？

紛亂的思緒包覆著嘉樺，讓她始終理不出個頭緒。原本她想乾脆直接打電話去問個清楚比較快，但後來想想又覺得算了，反正這可是阿浪難得一次約她出來，等會兒見面再問個清楚不就得了。

第七章

嘉樺抬頭看了眼掛在牆上的壁鐘，此時已經晚上九點十五分了，於是她趕緊加快動作，吹頭髮、擦保養品、換衣裳、化妝一氣呵成。

最後，她將桌上的手機及鑰匙塞進黑色手提包裡，關了房間裡的燈便匆忙出門。

＊＊＊

「水漾公園」藏身在繁華的市中心裡，它擁有一個澄澈如鏡的小湖泊，以及鬱鬱蔥蔥的樹木。在這裡大家可以放鬆自己，忘卻白天工作繁忙的壓力，它可說是現代都會裡的世外桃源。

夜晚的「水漾公園」讓人感到恬靜自在，當月光灑下來時，湖面波光粼粼，徐拂的微風讓人神清舒暢。

當嘉樺抵達的時候，原本公園裡還有許多人在這運動著，但隨著夜色已深、薄霧漸起，大家都紛紛回家去，讓此時的「水漾公園」更添著一分寂靜之美。

嘉樺看了一下錶，小遲到了一下，現在已是晚上十點十分。

她將摩托車停好後，從車廂裡拿出手提包，接著便開始拔腿狂奔，往公園裡唯一的兒童遊樂場所前去。

「呼呼……」

嘉樺跑得上氣不接下氣，但一到了鞦韆旁，卻不見阿浪的蹤影。相反的，她竟意外地看到了她最不想見到的人。

這時的嫦娥正坐在鞦韆上，腳一蹬一蹬地輕盪著鞦韆。見到嘉樺一來，她便露出友善的笑容，彷彿已經知道她會來似的。

憤怒的嘉樺以為阿浪居然這麼狠心，竟帶著嫦娥過來要她死了這條心，這叫她情何以堪？但她左顧右盼後，卻沒見著阿浪，她才發現事情好像不是她想的那樣。

「別找了，阿浪不會出現的，是我約妳出來的。」

嫦娥輕輕一躍，輕盈地從鞦韆上跳了下來。

「是妳！」

嘉樺瞇起眼警戒地盯著嫦娥，她心想：「難怪，難怪我想說阿浪什麼時候轉性了，竟會主動約我出來。原來是她騙我出來的。哼，我倒要看看她到底想跟我玩什麼把戲！」

嫦娥笑臉盈盈地朝她走了過來，但嘉樺對她臉上的笑容只感到刺眼。

「這女人心機真重，約我出來八成是想叫我離阿浪遠一點，而且越遠越好。」嘉樺心想：「哼，我才不吃妳這一套！」

「嗯，是我約妳出來的。」嫦娥這時已來到嘉樺的面前，她伸出一雙手溫柔地握著

嘉樺的手說：「因為我怕妳一知道是我的話，就不肯出來了，所以我才用阿浪的名義來約妳，妳可千萬別生氣呀。」

「哼，來這套！別以為我不知道妳葫蘆裡在賣什麼藥！」嘉樺瞪了嫦娥的手一眼，接著便甩開她的手，退後一步與她保持安全距離。

「快說吧，找我出來有什麼事？」嘉樺不耐地說。

「來，我們到一旁坐著說。」嫦娥拉著嘉樺往最近的一張長椅上走去。

儘管嘉樺心裡千萬個不願意，但卻又莫可奈何，只能被動地讓嫦娥拉著走。

嘉樺與嫦娥來到長椅旁坐了下來，椅子都還沒坐熱，嫦娥便冷不防開口問：「妳喜歡阿浪對吧？」

嫦娥如此開門見山的直接切入，令嘉樺一時間不知該如何回答。

瞧嘉樺一副又羞又窘的模樣，嫦娥其實不用問也早知道答案了。她點點頭，露出微笑說：「太好了，阿浪有妳在他身邊真是他的福氣。」

她轉頭看著嘉樺又問：「妳可以再多告訴我一些嗎？妳是什麼時候喜歡上他的？以及阿浪在妳眼中是個怎樣的男人？」

嘉樺對嫦娥的問題感到匪夷所思，當下她差點脫口吼出：「干妳什麼事，我根本沒有必要告訴妳！」

但當她與嫦娥眼神交會的那瞬間，她看到的不是嘲笑、不是惺惺作態，而那笑容更不是故作虛偽的笑容。嫦娥的眼中正閃放著光彩，她既興奮又期待，她的真誠讓嘉樺將到了嘴邊的話給硬生生吞了回去。

嘉樺扭開頭，深深吸了口氣，接著望著遠方開始娓娓道來。

「我是從兩年前就開始喜歡上他的。那時我剛來到警局，還是個菜鳥，而阿浪總是在我需要的時候適時出面協助我，自此我的一顆心就懸在他身上了……

阿浪是如此的優秀，在工作表現上是如此的耀眼，我始終想追趕上他，但當我好不容易覺得夠資格可以匹配的上他時，他卻已經有了妳……

我很痛苦，但更令我難過的是阿浪從來都沒有發現我喜歡他，這實在很令人沮喪，我覺得自己真像個傻瓜……」

不知不覺嘉樺將她喜歡阿浪的酸甜苦辣，全在半小時內毫不保留地告訴了嫦娥。她也不明白自己為什麼要將這些事告訴對方，更何況對方還是自己的情敵，後來嘉樺對自己解釋，或許她真的壓抑太久，需要一個宣洩情緒的出口吧！

在嘉樺訴說的同時，嫦娥都只是默默地聽著，有時她會點點頭，表示她明白嘉樺的感受。

在知道嘉樺對阿浪的看法後，嫦娥覺得很欣慰，她想：「嘉樺其實是個好女孩，如果讓她照顧阿浪的話，我應該就能放心了……」

「嘉樺，謝謝妳這麼的喜歡阿浪，我很喜歡妳。」嫦娥舔了舔嘴唇，艱難地說：「希望妳日後能替我好好照顧阿浪……」

嫦娥的聲音彷彿來自遠方，這番話她說得雲淡風輕，臉上一點表情也沒有，但心裡其實早已千刀萬剮。

「妳這話是什麼意思？」嘉樺驚訝得從長椅上跳了起來。

「我說希望妳能替我好好地照顧阿浪。」

「妳在說什麼鬼話？我替妳照顧他？」嘉樺拔高音調問，見嫦娥輕輕點了點頭，她又問：「那麼妳呢？」

「我再過不久就要離開了……」

「離開？去哪？」

「回到屬於我自己的地方……這裡並不屬於我……」嫦娥霍地起身。

嘉樺瞪著大眼，嫦娥的這番話實在太令她震驚了，她簡直不敢相信嫦娥居然要把阿浪讓給她！她真不知道嫦娥在想些什麼，明明擁有幸福，卻將幸福往外送。

嫦娥知道嘉樺聽了鐵定會很驚訝，但她今天已經想了一整天了。她好不容易接受了事實，也調整好情緒，她必須儘快下定決心，所以現在的她才可以如此冷靜地說出這番

話。

眼看該說的都說完了，嫦娥轉身便走，她可不想讓嘉樺看出她的心事。

走沒多久，嫦娥身上的手機響了起來，這是阿浪替她申辦的。口頭上阿浪是說為了怕嫦娥惹麻煩，所以才放一支手機在她身上，但其實阿浪是想三不五時聽聽嫦娥的聲音，以解相思之苦。

電話是阿浪打來的，手機響了好久，但嫦娥都沒接。

她茫然地走著，拐個彎，走進了一條鋪著小石頭的健康步道。

「等等。」

腳步聲由遠而近，嘉樺從後面追了過來。

嫦娥停下腳步轉過身，嘉樺仔細看著她臉上的表情，此時的嫦娥臉上參雜著痛苦、無奈與憂愁。

嘉樺知道嫦娥仍深愛著阿浪，她不明白她為何要這麼做，但她知道阿浪若是知道的話，肯定會很痛苦。

「妳以為妳說要將阿浪讓給我，就讓給我嗎？妳把他當作什麼？他是個活生生的人，不是東西！他有自己的思想。妳自以為瀟灑的把他讓給我，那他就會乖乖聽話嗎？」嘉樺不客氣地大聲說。

嫦娥噙著淚水，對著嘉樺慘然一笑後，轉身便跑了。任憑嘉樺在後面「喂喂」地叫個不停，嫦娥還是頭也不回地消失在公園裡。

嘉樺無奈地露出苦笑，她的心情很複雜，而邊跑邊掉淚的嫦娥，她的心中更是悲苦交加。

＊＊＊

第七章

月黑風高的夜裡，一棟鐵皮屋麵粉加工廠內，工廠鐵門拉下，機器完全停擺，但卻約莫有二十多人聚集在這裡。有的赤著上半身，有的穿著黑色吊嘎，或站或坐，大家隨性地圍成一個大圓。幾個紅唇族嘴裡嚼著檳榔，有人則大口喝著台灣啤酒，地上盡是扭曲變形的空酒罐。

被眾人圍在中央，赤著上半身，正坐在木箱上抽菸的中年男子，儘管年紀已有一大把，但身材卻結實壯碩。左手臂上那栩栩如生的青龍刺青，盤踞在肩頭的龍頭正俾倪地傲視著眾人，而他背上那一條條縱橫交錯的刀疤，看了更是讓人怵目驚心。

這個人正是一年多前，從警方手裡逃脫出來的天龍幫幫主——刀疤陳。

刀疤陳伸手示意站在他身後按摩的小弟停手。其他人一見大哥有話要說，都紛紛禁聲看向中央。

「幹，警方真是可惡！敢動我的地盤，真不把我刀疤陳放在眼裡！」刀疤陳將抽到一半的菸，往地上用力一丟，咬牙切齒地說。

接著他對一個身材瘦小，但卻露出狡詐眼神的年輕小伙子問：「阿豹，你說，我們現在還有哪些生意在運作？又有哪些是被條子給搞到停擺的？」

「老大，萬華那邊的生意已經不行了，而東區那幾間夜店，每晚幾乎都有條子去臨檢，弄得客人都不敢上門。最近警察查緝毒品真是抓得很嚴，而且彷彿是針對我們似的，在我們經常出入的地方幾乎都有條子在巡邏，弄得大家生活歹過。」阿豹屈著身，畢恭畢敬地向刀疤陳報告。

「可恨呀，這些警察，真是逼人太甚！」刀疤陳捏緊著拳頭恨恨地說。

「老大，不用跟他們客氣，既然他們想趕盡殺絕，那我們乾脆先下手為強，將他們殺個片甲不留。」一個右眼角有條刀疤的粗壯男子建議。

「蠢蛋，硬碰硬，你以為這樣有比較厲害嗎？」刀疤陳大聲斥責。

提議的男子見老大發火了，只好摸摸鼻子，禁聲不再說話。

「老大，我剛剛在路上碰到兩個警察，他們手上有一張你的通緝照呢。」另一個長相猥瑣，看起來十分陰沉的男子說：「我看老大你乾脆到海外先避避風頭，等風聲過後再回來好了。」

第七章

「哼，笑話，我刀疤陳是那種會逃跑的人嗎？」刀疤陳掃視了眾人一圈後說：「你們說！」

「不是。」眾人異口同聲地回答。

「我告訴你們，我刀疤陳是絕不會丟下弟兄們，自己一個人逃跑的，要死也要死在這塊土地上。」刀疤陳起身，慷慨激昂地說著：「不過你們放心，我是不會拖累你們的，要死我一個人死就夠了。」

弟兄們個個為大哥的「義氣」而感動。他們很多人從國中還沒畢業就一直跟著刀疤陳，刀疤陳對他們來說如師如父，他教給他們的，甚至比自己的親生父母還要來得多，因此很多弟兄們都死心蹋地地跟隨著他。

當弟兄們聽到老大這一席話時，對刀疤陳又更加地心悅誠服。

「大哥，歸根究柢，要不是那個叫『阿浪』的人查到你的底，並出其不意地抓到了你，否則我們哪會淪為今日的光景，我們仍會像以往那樣，每天跟著老大你吃香的、喝辣的。」阿豹瞇著眼狠狠地道出：「所以都是那個條子的錯！」

刀疤陳坐下來，點點頭說：「沒錯，就是因為他，害我不但有家歸不得，甚至連生意都快被搞垮了。既然他不留活路給我，那麼我就算要死，也一定要拖他下水。」

眾人聽了紛紛點頭表示贊同，唯獨一人沉默不語，依舊低著頭把玩著手上的一把瑞士刀。

刀疤陳看著坐在角落把玩著瑞士刀的偉仔。他是刀疤陳意外發現的奇才，七歲便能識得各國槍支，八歲獨自摸索便學會如何開槍，並且槍法神準。到十歲時便已練就出一身好身手，十五歲時就已歷經過無數生死一瞬間的槍戰場面。

偉仔無父無母，遇見他時他正在校園外頭遊蕩，於是刀疤陳拉攏他進來，而後才意外發現偉仔有著這麼驚人的才華。

偉仔雖然話不多，但他的神技弟兄們卻是有目共睹。且偉仔也救過弟兄們無數次，因此大家對偉仔也都把他當成大哥一般來尊敬，有時連刀疤陳也要讓他三分。

「偉仔，上次你跟那個條子交手，你覺得他怎麼樣？」刀疤陳問偉仔。

「是個高手。」偉仔簡單地回答。

「那你有把握殺死他嗎？你跟他到底誰比較強？」

「不知道。」偉仔冷酷地說完後，嘴角突然勾起一抹詭異的笑容，接著說：「不過……殺他，似乎很有趣。」偉仔將瑞士刀放在嘴邊舔了舔，眼神裡充滿著饒富興趣的光芒。

「老大，如果要殺那個條子，我倒有個辦法。」阿豹說。

「說！」刀疤陳命令。

「我們可以如此如此……這般這般……然後……」阿豹清了清喉嚨，開始說出他的

殺人計畫。

遠在城市另一端的阿浪，此時正蒙著頭、睡著大覺，絲毫不知將有一場大禍即將降臨。

＊＊＊

這幾天，阿浪不曉得為什麼，嫦娥對他非常冷淡，和他說話時表情總是冷冰冰的，中午的便當也不再送過來了。阿浪甚至覺得嫦娥似乎有意躲著他，他只要一回到家，嫦娥不是裝病窩在房裡，就是故意忙東忙西的，沒空和他好好地說說話。

一開始，阿浪還以為是自己做錯了什麼，才讓嫦娥如此不開心。但三天過去了，一個禮拜也過去了，嫦娥都還是這樣子對待他，令阿浪終於忍不住發飆。

這天晚上，阿浪回到家裡時，發來嬸剛好出門去辦事，店裡只剩嫦娥與一名綽號叫大牙的工讀生。

見到阿浪回來，對比大牙的熱情招呼下，嫦娥只有淡淡說了聲：「回來了啊？」便繼續低頭忙著手邊的工作。

阿浪多天來所忍受的一肚子怨氣，在此時一併爆發。

他抓著嫦娥的手，強迫她正視著自己，大聲問：「妳究竟對我有什麼不滿？為什麼要如此對我？」

店裡的客人一看到苗頭不對，付完錢後便趕緊快步離開，而大牙在處理完客人後，也識相地悄悄溜到了後頭。

「我沒有什麼不滿呀。」嫦娥神色自若地回答。

「那妳這是什麼意思？」見嫦娥冷淡的模樣，阿浪更加生氣。

「我不明白你到底想問什麼？」嫦娥裝傻。

阿浪氣得大拍一旁的桌子，語無倫次地說：「送便當的事、躲我、對我冷淡……唉呀，總之這幾天妳把我搞得心情很糟就對了！」

「最近店裡生意忙，所以我就沒送便當給你了。躲你？我看是你自己胡思亂想吧，沒事我幹嘛要躲你？至於我對你冷淡的話……」嫦娥聳聳肩，輕鬆地回答：「沒錯，我是真的變比較冷淡，不過就感覺淡了嘛，你又何必那麼緊張？」

「感覺淡了！」阿浪痛苦地凝視著嫦娥。

他想看出嫦娥究竟是不是認真的，但任憑他怎麼看也看不透。眼前的嫦娥明明和他剛開始遇見時一樣的美麗動人，但她的心卻怎麼好像離他越來越遠。

阿浪加重了抓住嫦娥手腕的力道，語氣冰冷地問：「這就是妳的真心話？」

第七章

阿浪痛徹心扉的模樣，看在嫦娥眼裡猶如刀割般痛苦，但她始終緊咬著唇，提醒著自己絕不可在這時心軟。她知道一切該結束了，就當她從來不曾出現過吧。

嫦娥努力從齒縫中擠出了一個「嗯」字，並盡量讓自己保持平靜的表情。

聽了嫦娥的答案，阿浪感到哀莫大於心死。

他緩緩鬆開了緊抓著嫦娥的手，覺得自己像個傻瓜一樣，對方都對他沒感覺了，他還在那激動個什麼勁。他都已經將自尊拋到了一旁，全心全意地對待她、逗她歡笑，沒想到今天竟會得到這樣的回報。

阿浪想不透，也不想再想。他將目光一點一滴漸漸從嫦娥臉上抽離，接著轉身，落寞地走到了門口。

離去前，他冰冷地背對著嫦娥說：「妳要走，我不會留妳的，請自便。」

嫦娥知道自己成功了，她讓阿浪對她死了心，不再繼續愛她。她怕他們倆越是相愛，到時嫦娥離開時彼此越是痛苦，早點斷了或許傷害還不會那麼深。但明明目的已經達到了，嫦娥卻一點也開心不起來。

嫦娥無聲地流著淚，擠出一抹燦爛的笑容，說了句：「謝謝你。」

阿浪沒說話，頭也不回地走了。

瞧嫦娥沒追出來，阿浪只當嫦娥樂得想快點擺脫他。於是他心情鬱悶地跨上了野狼，油門一催，迅速地離開了這個令他痛不欲生的女人。

見阿浪的身影消失在視線範圍內後，無視於躲在一旁偷看的大牙，嫦娥神情呆滯地回到了自己的房間。

站在房門口，嫦娥看著自己住了一年多的小房間。

雖然房間的擺設、大小完全比不上她在廣寒宮所住的，但嫦娥卻捨不得這裡。房間小雖小，但卻小得溫馨、小得可愛，更重要的是，這裡有她和阿浪兩人共同的回憶。

嫦娥走到梳妝台前，從抽屜裡取出了一個木盒子，放在桌上打開。裡頭有一只翠綠色的玉鐲，這只玉鐲是阿浪前不久送給她的。

當時阿浪站在她床邊，隨著盒子的開啟，嫦娥一見到玉鐲時眼淚當場掉下，內心既高興又感動。

阿浪告訴她這只玉鐲是他奶奶留給他的傳家之寶，希望他能找到一個和他真心相愛的女孩，並將這只玉鐲戴在那個女孩手上。

現在，他找到了。

阿浪輕輕將玉鐲套進嫦娥的手腕，而這時的嫦娥早已哭成了淚人兒。

剛開始時嫦娥天天戴著玉鐲，三不五時常會望著玉鐲獨自傻笑起來。但在玉兔來過後，嫦娥便將這只玉鐲收了起來。

嫦娥小心翼翼地拿起玉鐲，拾起盒子底下的布輕輕擦拭，心中感慨萬千。擦完後她

第七章

將玉鐲放回木盒裡，蓋上盒蓋，留在桌上。

是時候嫦娥該離開了，她不該將玉鐲給帶走，因為這是阿浪的奶奶留給她未來孫媳婦的，所以她必須將玉鐲留下。

儘管嫦娥還是憂心阿浪最後一個死劫的事，但就如玉兔所說的，她不可能一輩子留在阿浪身邊，如果他的最後一個死劫都不來，難不成她要一直待下去嗎？

更何況嫦娥也有預感，她偷偷下凡的事就快要東窗事發了，再不回去真的不行！如果這次回去後，發現沒有人察覺到她偷偷下凡的事，或許她日後還可以故技重施，再偷溜下來探望阿浪，但現在的她是一定要回天上去的。

嫦娥起身，比劃了手腳想施展最後一次法術，讓自己返回天上。原本這是要留著幫助阿浪渡過最後一個死劫的，但如今似乎沒必要了。

正當嫦娥比劃到一半時，她突然想到自己就這樣不告而別似乎不太好。雖然剛才阿浪已對她說了重話，要她自便，但嫦娥還沒有跟發來嬸道別呢！

回想這一年多來，發來嬸待她如同待自己的親生女兒一樣，讓她感受到親情的溫暖，這著實令嫦娥好生感激。於是她決定等發來嬸回來後，和她道個別，她就要回天上去了。

在等待的過程中，嫦娥覺得她應該做點事來報答發來嬸才對，於是她起身開始打掃，並煮了一頓豐盛的晚餐。

＊＊＊

夜晚的麵粉加工廠裡，一票人正圍坐在一起開心地喝酒划拳。

他們的老大刀疤陳此時正赤著上半身，盤腿坐在木箱上打坐冥想，兩旁儘管有大電風扇嗡嗡地吹著，但刀疤陳的額上還是熱得沁出豆大的汗珠來。

工廠鐵門突然咿呀地被打開，三個人影從外竄了進來，大家紛紛回頭看是誰回來了。

三個人，一人在前，兩人在後。

前面的婦人眼睛蒙著黑布條，嘴上貼著膠布，兩手被反綁在後。跟在後面的兩個小伙子分別是阿豹及潘仔，他們不客氣地推著那名婦人進入工廠，而那名被綁的婦人則是發來嬸。

發來嬸原本外出想去補點貨，但誰知她才剛踏出家門沒多久，就被人從後頭給打暈了。當她醒來時，兩眼已被蒙上了布條，嘴被貼上了膠布，手也被綑綁在後頭。

除了聽見汽車引擎的聲音，以及因開車而搖晃振動之外，發來嬸還聽到身旁有男子粗重的呼吸聲，當下可真把她給嚇壞了！她害怕得想出聲詢問對方究竟想怎麼樣，無奈有口開不得。就在完全莫名的情形下，她就被帶來了這裡。

第七章

工廠裡的弟兄們見有外人來，都紛紛好奇地湊上前來，仔細端詳著發來嬸。

儘管看不見，但發來嬸仍可感受到眾人打量她的目光。她呼吸急促、胸口一起一伏，手腳不聽使喚地抖了起來。

一名綽號叫瘋狗的高大男子，往地上啐了口痰後，生氣地說：「幹，阿豹你幹嘛帶一個老查某回來？」

「想不到阿豹哥你甲意這味的，等會兒大家絕對不會跟你搶的，你可以好好地爽一番了。」另一旁的添丁挑著眉獰笑著說。

發來嬸聽了冷汗直冒，心臟簡直快跳了出來！她在心裡不斷祈禱，她不曾跟人結怨，只希望這一切只是一場誤會。

「靠，麥黑白亂講好嗎？等一下她被你嚇到高血壓中風，你可要倒大楣了。」阿豹對添丁說完便越過他，將發來嬸推到刀疤陳面前。

刀疤陳睜開眼，盯著發來嬸好一會兒，然後問：「她是誰？」

「老大，她就是那個你恨之入骨的條子他媽。」阿豹得意地說。

阿豹以為會得到老大的稱讚，但沒想到刀疤陳卻用力甩了他一記耳光大吼：「混蛋！你把他媽抓來幹什麼？」

「我以為老大你會高興我這麼做……」阿豹摸著紅腫的臉頰，囁嚅地說：「這樣我

們就用不著怕那個條子了……」

「我不是已經跟你說過不要用這個方法了嗎？你把我的話當放屁呀？」刀疤陳瞪著阿豹，臉上表情殺氣騰騰。

眼看阿豹的頭越來越低，一副懺悔的模樣，刀疤陳終於收斂了怒容說：「哼，你以為這樣做我會高興嗎？」

接著他轉身對眾人說：「平常我是怎麼教你們的？就算我們是黑道，但我們也有我們自己的做人原則。我跟那條子的恩怨，與其他人無關。靠人質來逼對方就範，那不是我刀疤陳的作風，如果要這樣做的話，那我還混什麼？我還能贏得你們現在對我的尊敬嗎？」

弟兄們點了點頭，紛紛瞪視著阿豹，眼神裡盡是譴責的意味。而幫助阿豹綁架發來嬸的潘仔，知道自己闖下大禍後，早就不知道躲到哪裡去了。

阿豹知道自己成了眾矢之的，說不出半句話來的他，此時額上正不停地沁出涔涔冷汗。

「帶走，別讓我再看到她！」刀疤陳威嚴地命令著。

被蒙著眼的發來嬸從對方剛剛的談話中，知道對方是衝著她兒子來的，原本她驚覺慘了！這下不但自己有危險，連帶地還會害到自己的兒子。但聽完刀疤陳的話後，發來嬸總算鬆了口氣，她想不到這個大哥做人還蠻有原則的嘛。

第七章

阿豹表面上順從刀疤陳的決定，但其實心裡氣得牙癢癢。他好不容易才抓到的人，居然就這樣白白地放走，讓他實在很不甘心。於是他將怨氣出在發來嬸身上，粗蠻地推著她往大門的方向走。

但想不到，一個不慎，蒙在發來嬸眼上的黑布條，突然就這麼鬆了開來，滑落至她的鼻樑上。

乍見光明的發來嬸，一睜開眼就看見一個赤著上半身，手臂上刺著一條龍的兇惡男子。

她驚恐地瞪大了雙眼，內心又驚又害怕！不只是被眼前男子的外貌給嚇到，更重要的是她居然認得這張臉！

由於阿浪之前逮捕過刀疤陳，因此報上登了大篇幅的報導，詳述阿浪逮捕壞人的經過，並刊登了刀疤陳的照片。而發來嬸就會把這些報導給剪下來，壓在桌子的玻璃板下當成收藏。

於是當她一看到這張臉時，馬上就認出來了，他就是目前警方正在通緝中的天龍幫大哥——刀疤陳。

刀疤陳對阿豹的粗心感到相當不滿，原本他想吼個阿豹幾句的，但當他見到發來嬸滿布皺紋臉上的驚訝表情時，他的態度立刻冷了下來，心裡也逐漸浮現出濃烈的殺機。

雖然這有違他的原則，但發來嬸已經發現了他，發現了這個地方。如果就這麼放她回去的話，很可能會被警方追查出來，他就算不顧自己，也要顧及弟兄們。於是他心一橫，眼神裡迸出殺人兇光。

「把她嘴上的膠布撕下來。」刀疤陳命令道。

阿豹瞬間將膠布撕下，儘管發來嬸覺得非常痛，但嘴巴剛重獲自由的她，早按耐不住興奮之情，口無遮攔地說：「我認識你，你就是那個刀疤陳嘛，全國的警察都在找你。喔，原來你躲在這兒呀！」邊說發來嬸邊看了看四周的環境。

聽完發來嬸的話，刀疤陳一臉陰鬱，心中要殺她的決定更加確定。

然而沒察覺到異狀的發來嬸，見對方不說話，認為對方一定是怕了她兒子，於是她更加大膽地向刀疤陳嗆聲說：「怎麼？怕了我兒子不成？居然還想抓他母親來當人質！我告訴你喔，你最好是不要對我動手動腳的，否則我兒子是絕對不會放過你的！」

發來嬸在說這些話時，其實她內心還是挺害怕的，但既然刀疤陳剛剛說不殺她，那麼應該是不會對她怎樣才對，所以她才想用氣勢嚇嚇對方。但她卻沒料到原則其實是可以改變的，這時的發來嬸完全不知道自己即將大禍臨頭。

刀疤陳對發來嬸的嗆聲無動於衷，他向一旁的弟兄們看了一眼。

跟在他身邊多年的弟兄們早已明白大哥的意思，其中瘋狗不懷好意地來到發來嬸身後，並抽出插在褲頭上的槍支，將槍口抵著發來嬸的後腦勺。

第七章

發來嬸在看到一名表情冷酷的高大男子來到她身後時，她就知道自己慘了。原本她想質問刀疤陳剛才不是說不殺她的嗎？但是當一根冰冷的槍管抵在她後腦勺時，她的膽子早飛了，連舌頭都不是自己的，她嚇得險些暈了過去。

就在瘋狗準備要扣下板機的那一刻，工廠鐵門又咿呀地被打了開來。

這次回來的是偉仔，偉仔右手按著自己的左肩，表情痛楚地進到工廠裡來。

瘋狗看著大哥，想問這一槍是否要給她開下去？

刀疤陳揚起手比了個且慢的手勢，瘋狗便退了開來，而發來嬸也被推到了一旁。

偉仔搖搖晃晃地走到刀疤陳面前，這時大家才清楚地看見偉仔用手按著的左肩上，暗紅的鮮血正不停地從他指縫間流下，

立刻，兩三個弟兄一擁而上，他們七手八腳地拿來了急救箱，拙劣地幫他處理著傷口。

「這怎麼回事？」刀疤陳問。

這時的偉仔正被倒酒在傷口上，他痛苦地緊咬著牙，強逼自己忍住。待舒口氣後，他才緩緩說出了經過。

原來偉仔一聽到刀疤陳想做掉阿浪時，就有心想在他死之前和他較量一番。恰巧今夜幸運地讓他給碰上了，自從上次交手後，偉仔便將他的樣貌牢記在心裡，於是他才能

不費吹灰之力地認出了阿浪。

當時偉仔正從便利商店買了包菸出來，這時阿浪的野狼正好從他眼前呼嘯而過。看他騎得又快又急的模樣，不管阿浪要去哪裡，偉仔都覺得機不可失。於是他趕緊將菸往口袋裡一塞，催著他的野狼，咻一聲便隨後跟上。

正值氣頭上的阿浪，為了嫦娥剛才那番無情的話感到相當氣惱。儘管他將車子騎得飛快，試圖想吹吹冷風讓自己冷靜冷靜，但無論再怎麼吹，他的一顆心還是煩躁不堪，也因此他完全沒注意到後頭有輛車正尾隨著他。

阿浪騎著騎著，遠離了城市的喧囂，來到偏僻的荒郊野外。他想找個安靜的地方，讓自己好好想想他和嫦娥之間的事情。

阿浪來到山區，選擇了一處視野還不錯，可遠眺大台北夜景的無人草地上。

當他停好車，準備下車找個地方坐時，突然一發子彈劃破寧靜的空氣，急速朝他胸口飛馳而來。

阿浪先是嚇了一跳，但是他的反應也夠快，及時側身避開了這顆子彈。

但下顆子彈沒多久又接踵而至，阿浪往後一躍，他明白自己身陷在危險之中，如果他再不反擊的話，只會被對方追著打而已。

幸好他會聽聲辨位的技巧，於是他在向後一躍的同時，從腰間槍套裡掏出了隨身攜

帶的手槍，「蹦蹦蹦」三聲，往子彈來時的方向飛去。

偉仔往旁縱身一跳閃過，在翻滾了幾圈之後，又送給了阿浪幾顆子彈。

數聲槍響過後，四周恢復了寂靜。

阿浪壓低身形，讓自己隱藏在黑暗之中，心中盤算著目前手裡只剩一顆子彈，如果這顆再射不中的話，那他可能就要命喪九泉了！

而這時趴在草叢後的偉仔也是一樣，他身上也剛好只剩一顆子彈，因此他們雙方都屏住氣息，想等對方露出破綻後，給予致命的一擊。

這時月黑風高，風吹得長草沙沙作響。

今晚的月亮被烏雲給吞沒，他們只可隱約看到人影閃動，卻看不清對方的動作。四周沒有半點燈光，連路過的車輛也沒有。

在這生死一瞬間的緊張氣息下，阿浪腦海中浮現的竟是嫦娥的臉龐。

他苦笑一聲，笑自己真傻，到了這種時候，居然還在想那個負心的女人！

也因為他的這一聲苦笑，讓偉仔聽出了阿浪的所在位置，他迅速將最後一顆子彈射出。而在射出的同時，阿浪也知道了偉仔的藏身處，並回送他一顆子彈。

不知是否連老天爺都在幫阿浪，由於阿浪所在的位置是在背風向，因此瞬間大風將偉仔所射過來的子彈給吹偏了，子彈只輕輕劃傷了阿浪的手臂。

但位在順風向的偉仔可沒那麼幸運了，在風力加速度的促成下，阿浪的子彈像流星般擊中偉仔的左肩。

知道自己處於劣勢的偉仔，不敢戀戰，趕緊跳上自己的野狼快快離去。

阿浪追上前，望著那人離去的背影，心中已大概猜出對方的身分。

死裡逃生的他餘悸猶存，不知道對方會不會再回來，身心俱疲的他最後決定跨上機車回家去。

刀疤陳在聽完偉仔的敘述後，只覺得阿浪的身手實在不容小覷，連他最得力的愛將都被他給打成了重傷，這個人實在不得不防。

他轉頭看了眼在一旁顫抖的發來嬸，發來嬸嚇得閉著眼，嘴裡不斷喃喃唸著阿彌陀佛。

「把她帶下去，關起來。」刀疤陳命令。

「要殺嗎？」瘋狗邊問還邊比了個抹脖子的手勢，嚇得發來嬸花容失色。

「不，留著，我自有用處。」

說完發來嬸就被人給粗暴的帶走了。

等發來嬸消失在眼前，確定聽不到他們的談話後，添丁才好奇地向前詢問：「大哥，你留她要幹嘛呀？」

「反正橫豎她都是要死，那麼在她死之前，我們可以好好的利用一下。」

「老大，你的意思是說，你決定利用他媽來殺那個條子，是吧？」阿豹謹慎地問。

「嗯，沒錯。」刀疤陳面無表情地繼續說：「希望你們能了解我的苦衷，我是不得已的。」

「我們懂。」弟兄們紛紛點頭，而阿豹則顯現出得意洋洋的神色。

「老大。」包紮好傷口的偉仔突然開口請求說：「請你在他死之前，讓我和他再對決一次。」

「嗯……」刀疤陳摸了摸下巴，接著爽快地說：「好，沒問題。」

偉仔開心地露出了難得的笑容，鬥志高昂的他，胸中正燃著一把熊熊的火焰。

「你們都靠過來。」刀疤陳對弟兄們招招手，接著說：「我的計畫是這樣的……」

大家聽完後紛紛點頭，一場宿命對決就這麼即將展開。

第八章

嫦娥在家左等右等，一直等不到發來嬸回來。

她開始有些擔心，打給發來嬸的手機也都打不通，她猜想發來嬸是不是發生了什麼意外。算算時間，從發來嬸出門到現在已經過三個多小時了。明明發來嬸說一下子就會回來的，但現在卻連個消息也沒有。

嫦娥焦急得不知該怎麼辦才好，她想打給阿浪，但一想到他們之間已破裂的關係，以及阿浪一臉受傷的表情時，她拿起電話的手便放了下來。

正當她猶豫之際，店門被人從外一推，發出了叮叮噹噹輕脆的聲響。

嫦娥以為是發來嬸回來了，她不暇思索在轉頭的同時便說：「伯母，妳終於回來了呀？」

然而當她看到一張冰冷的臉孔時，她頓時僵住。

阿浪當作沒看見似的，逕自掠過她走進屋內，這時工讀生大牙早已下班，店裡沒什麼客人。他拖著疲倦的步伐緩緩上樓，嫦娥這時終於忍不住喊了聲：「等等。」

阿浪機械似地轉過頭來，面無表情地說：「妳怎麼還在這？」

嫦娥覺得心好痛，她用手按著自己的胸口，希望能彌平心中的傷口，然而那股椎心刺骨的痛卻怎樣都無法消除。

「那個，伯母已經出門很久了，但到現在都還沒回來……」嫦娥避開阿浪的眼神，艱難地開口說：「我擔心她出了什麼意外。」

突然她發現阿浪手臂上有條傷痕，她驚訝地問：「你受傷了？」

阿浪望著嫦娥擔憂的臉龐，心中的那份不捨又開始發酵。然而他告訴自己絕不能心軟，明明就是眼前這個女人傷害他的，為什麼他還要為了她而感到心疼。

回想起剛才死裡逃生的驚險場面，關鍵時刻他腦海中居然浮現出嫦娥的臉龐，他為此感到相當氣惱，他竟這麼的不爭氣，依舊對嫦娥念念不忘。

一想到此，他便氣憤地對嫦娥說：「我想這應該不關妳的事吧？」

阿浪認為他母親大概在路上和一些三姑六婆大嚼舌根，以致於忘了時間才晚歸，於是他並不以為意。

嫦娥尷尬地低著頭一語不發，臉上神情落寞。

「回家……回家……我需要你，回家……回家……馬上來我的身邊……」

熟悉的來電鈴聲響起，阿浪知道是他媽打回來的，心中更加確定嫦娥的擔心是多餘的。

他立刻接起手機，然而電話的那一頭卻是一片沉默。

「喂，媽妳在哪？」

這次，阿浪聽見了呼吸聲，但卻沒人開口說話。

「喂喂喂喂喂……」阿浪越喂越大聲，頓時他感到事態似乎有點不對勁。

許久，電話的那一頭才終於有了回應，但卻不是發來嬸的聲音，而是一個低沉粗啞的男性嗓音。

「陳昕浪，你母親在我手裡。」

接著電話那頭出現了發來嬸用急促的語氣說：「阿浪，是我，我被刀疤陳挾持了，你千萬別來救我……你……」

在發出一聲悶哼後，發來嬸的聲音便突然中斷。

阿浪擔心著母親的安危，當他知道是刀疤陳幹的的時候，他簡直快氣炸了！

他怒氣沖沖地說：「你們快放了我媽！」

「嘿嘿，抱歉，做不到。」刀疤陳翹著腿悠哉地說。

「你們到底想怎麼樣？」

「很簡單。」刀疤陳頓了一下繼續說：「今晚十點，到五股工業區五工三路298巷1號來。記住，只准你一個人來，如果被我發現其他條子的蹤影，那麼你就再也見不到你親愛的老媽了。」

第八章

阿浪咬著牙，緊握著拳頭說：「十點，五股工業區五工三路298巷1號是吧？沒問題，我馬上到，如果你敢動我媽一根寒毛的話，我絕對不會放過你的。」

「哈哈哈哈……」對方在發出一連串瘋狂笑聲後，電話接著便掛斷了。

阿浪看了一下手錶，現在是晚上九點半，他必須在半個小時內趕到指定地點。算算時間，現在立刻出發的話，到達時時間剛好差不多。

嫦娥從剛才阿浪講電話的對話內容中，知道發來孀出事了。她最擔心的事情發生了，阿浪的死劫竟在此時降臨，對方肯定會利用發來孀來對付阿浪，阿浪這一去等於是去白白送死。

嫦娥面色凝重，她知道是自己該出馬的時候了，但她還沒開口，阿浪就已經火速衝回了自己的房間。

阿浪拆下繫在腰間的槍套，並將手槍掏出來放在桌上，接著從櫃子裡取出備用彈夾與另一把手槍。在換下空彈夾裝上新的後，他將兩把手槍一左一右插在褲頭上，並利用寬鬆的上衣來隱藏槍支。

待一切弄好後，他便匆忙下樓，準備騎車赴約。

阿浪從頭到尾都沒理會站在一旁的嫦娥，連離開時也把她當空氣一樣不存在。

嫦娥對阿浪的態度感到難過，但難過歸難過，她還是不能眼睜睜看著阿浪去送死。

她跟著衝出屋外，對著正跨上野狼的阿浪大聲說：「我也要跟你去。」

原本冷漠的阿浪，突然兇惡地瞪著嫦娥怒吼說：「妳是能幫上什麼忙？妳給我進去！」

阿浪為自己母親的安危已經緊張得要命了，這時他又聽到嫦娥吵著要跟他去，他不知道嫦娥究竟在想什麼，但他絕不能讓嫦娥也遭遇到危險。危急之際，他是不可能同時顧到兩個女人的，所以他才會對嫦娥這麼兇。

嫦娥被阿浪這一吼給嚇到，以往阿浪就算再怎麼生氣，也不會像今天這樣吼她。但是她絕不能退縮，因為她必須保護阿浪。

她鼓起勇氣朝阿浪的野狼走近，不管阿浪同不同意，她準備跳上機車後座。她一定要跟著他去，這樣她才能保護他的安危。

阿浪看出了嫦娥的意圖，他將車身轉了個方向，擋住嫦娥的去路，不讓她有機會跳上後座。

阿浪實在不願這麼做，但他還是逼自己板著臉孔，無情地說：「滾，我們家的事用不著妳這個外人來干涉！妳快走，離我越遠越好，省得我看到妳就討厭！」

說完他油門一催，沒多久連人帶車便消失在漆黑的街道裡。

嫦娥強忍的淚水在阿浪走後盡情地宣洩出來，她難過地哭倒在地上。

第八章

阿浪的絕情，嫦娥知道那是他偽裝出來的，原因就是不想讓她遭遇危險罷了。

她知道阿浪這一去凶多吉少，然而他卻不願意讓她幫忙。她明明可以幫上忙的，卻只能眼睜睜地看著他去送死，嫦娥覺得自己好無能、好沒用。

「叭叭……」

一陣炫目的白光照在嫦娥臉上，嫦娥用手遮擋著，瞇起眼想看看按她喇叭的人是誰。

車頭燈的光滅了，原來是一輛新馬3的計程車。

一位蓄著小鬍子的中年大叔從車窗裡探出頭來，操著台灣國語對著仍癱坐在地上的嫦娥說：「小姐，麥擱傷心了啦！像那種負心漢不要也罷！」

嫦娥止住了眼淚，對著中年大叔微笑頷首表示感激，她以為大叔只是熱心地想要安慰她罷了，但大叔接著說：「來吧，上車。」

嫦娥一愣，眼睛眨巴眨巴地看著大叔，不明白他的意思。

「如果妳真的捨不得他，那麼就算他跑到天涯海角，我也會載著妳把他給追回來。」中年大叔摸著微禿的腦袋熱情地說。

「可是我身上沒有錢……」

「免啦！我不收妳的錢，如果要收的話，也應該跟那個負心漢收才對。」

「這……」嫦娥原本還有些猶豫，但一想到阿浪命在旦夕，她便顧不得思考，趕緊

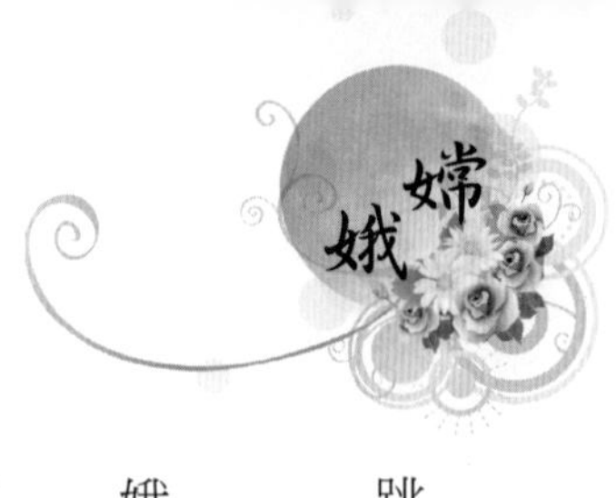

跳上計程車，一屁股坐在後座。

「謝謝你，大叔，你人真好。」嫦娥內心萬分感激。

「免謝了啦！小事一樁而已。」司機大叔擺了擺手，並從後照鏡看了一眼美麗的嫦娥。被她這麼一謝，司機大叔都不好意思地臉紅了起來。

發覺自己失態後，司機大叔趕緊清了清喉嚨，兩手緊握著方向盤，一副蓄勢待發的模樣，他問：「妳知道要去叨位找那個負心漢嗎？」

嫦娥偏頭回想著阿浪和對方剛才在電話中的交談內容，沒多久她便急忙說：「十點，五股工業區五工三路298巷1號。司機大叔，拜託了，十萬火急！」

「沒問題，包在我身上。」司機大叔拍胸脯信心滿滿地說：「妳只需要繫好安全帶就行了。」

嫦娥點點頭，內心恨不得馬上飛到阿浪的身邊，無奈她的法術只剩最後一次能使用，她可必須謹慎用在關鍵時刻才行。

司機轉動鑰匙，發動引擎，車子瞬間轟轟作響。

嫦娥繫好安全帶後，突然又對司機大叔開口說：「還有，他不是什麼負心漢，他是我這一生最愛的人……」說完還羞赧地紅了臉。

「是是是，歹謝，我剛剛說錯話了。我現在就馬上駕著我的『小黃馬』，帶妳去追妳這一生最愛的人。」說完司機大叔油門一踩，車子便如火箭般急射而出。

第八章

司機大叔載著嫦娥一路狂飆，多虧了他長年行車所累積下來的豐富經驗，才讓他得以避開測速照相機，在巷弄中疾行。

他越開越是為自己卓越的技術感到自豪，簡直把自己當成電影「終極殺陣」裡的瘋狂taxi主角一樣了，只可惜他的馬3性能不比電影上的Peugeot 406來得好，否則他一定可以開得更快些。

開到一半，司機大叔才發覺自己開得這麼快，不知會不會嚇壞坐在後座的嫦娥。於是他又從後照鏡瞥了一眼嫦娥，但嫦娥除了一心掛念著阿浪的安危之外，其他的她一點也不在乎。

司機大叔嘆了口氣，心想：「愛情呀，真叫人摸不著頭緒！」

司機大叔阿旺回想起當初他也經歷過這樣的時期，那時瘋狂的他，還是用著這台小黃才追到目前的美嬌娘。想起那時追求時的酸甜苦辣，司機大叔還真有點懷念……

一不小心思緒越飄越遠，阿旺趕緊回過神來，繼續專注在開車上。

＊＊＊

阿浪在晚間九點五十分抵達五股工業區，但他並沒有直接騎到目的地，而是在離它一段距離的地方便停了下來，然後在遠方先觀察了一下這附近的地勢與現場情況。

這附近工廠林立，但大部分的工廠在這時間早已關門休息，因此人煙相當稀少，只剩幾條流浪狗在路上尋找著食物。

阿浪見目的地是一棟三層樓高的鐵皮屋麵粉加工廠，儘管鐵門拉下，但裡頭卻是燈火通明。

他小心翼翼地藉著遮蔽物掩護逐步接近工廠，一手則不時按著褲頭上的槍枝，準備危急時能立即拔槍自衛。他想趁對方還沒發現他到達時，先暗中觀察一下對方的人數及火力，最好可以不動聲色救出他母親，那是最好不過的。

不過當他才走沒幾步，夜裡便衝出了兩條黑狗包圍著他，並對著他狂吠。面對齜牙裂嘴準備隨時攻擊他的兩條惡犬，阿浪一動也不敢動。

沒多久，工廠鐵門一開，光線映照在阿浪臉上，當阿浪看清楚對方時，幾個人已經站在那拿著槍等著他。

阿浪沒轍，自認倒楣，只好舉起雙手乖乖就範。

身材最瘦小的阿豹往阿浪身後左右張望了一番，在確定沒有其他條子跟來後，阿豹向兩旁的弟兄說：「搜他的身。」

迅速將阿浪上上下下搜完後，兩把槍枝被取走，阿浪身上可說是一點防身武器也沒有了。

阿豹收起自己的槍，將它插在褲頭上，然後接過阿浪身上搜出來的兩把槍枝，開始

第八章

在手上把玩了起來，並以輕蔑嘲諷的眼神看著阿浪，嘴角揚著惡意的笑容。

「把他帶進去。」阿豹吩咐。

兩名弟兄立刻來到阿浪身後，把他押進去。

阿浪知道自己凶多吉少，但他一點也不害怕，他現在只盼望母親能平安無事。

阿浪被押到刀疤陳面前，此刻的刀疤陳正好整以暇地坐在木箱上等著他。

當他看到阿浪的那一刻，全身血液開始直衝腦門，握緊的拳頭放了又收、收了又放，憤怒的瞳孔裡幾乎快噴出火花。

「就是他害我落得今日如此下場！」

當刀疤陳起身，想直接說「殺了他」時，一旁的偉仔已經站了出來，

偉仔看著刀疤陳，眼神裡盡是殺戮的渴望與高昂的鬥志，刀疤陳明白他的意思，他只好暫且壓下怒氣，對阿浪說：「臭條子，今天你會落到我手裡，算你倒楣！誰叫你誰不惹，偏偏要惹到我刀疤陳，今天你是死定了！」

阿浪聽了皺了皺眉頭，心裡又突然浮現出嫦娥的臉孔。

「不過嘛……我倒是可以放了你老媽，只要你能贏得了偉仔。」刀疤陳說完看著偉仔，而偉仔這時正舔著手裡的瑞士刀，一副迫不及待的樣子。

阿浪此刻才終於有機會好好地觀察偉仔這個人。

平頭，中等身材，下巴上有一顆明顯的黑痣。而他那鷹眼般銳利的雙眼，與他左肩上纏著的繃帶，讓阿浪更加確定他就是槍戰中救走刀疤陳，以及剛才跟在他背後想暗殺他的人。

阿浪知道自己勝算不多，但不管怎樣他還是要試一試。

「你想怎麼比？」阿浪問偉仔。

「很簡單，我們各自站在一個直徑20公分的圓圈內，每人手上兩把手槍，十二發子彈，在圓圈範圍內彼此射擊，我們就來看誰會最先死，誰又能留到最後。」

稍候，兩名弟兄便在相距八十公尺的地上，分別用白色噴漆畫了兩個圓。

阿浪站到其中一個圓上，他發現這個圓的大小，只夠他左右各跨一小步而已。而這時偉仔也站到了另一個圓上，他接過了弟兄所遞來的兩把手槍，同時阿浪也拿到了兩把，且這兩把還是他自己所帶來的。

阿浪檢查了一下槍裡子彈的數量無誤後，在心裡祈禱著這兩把手槍能夠再度為他帶來幸運。

另一邊，兩名弟兄正拖著一袋沉重的東西，將它拖到了起重機面前。然後再利用繩索，將那袋東西掛在起重機上，吊在阿浪及偉仔之間的半空中。

阿浪瞇著眼想看清楚袋子上所印著的字樣。

第八章

「那袋是麵粉，當麵粉落下時，也就是你我對決的時候。等它落完後，勝負便可分曉。」偉仔冷笑著說：「也說不定不用等到那時，很快就有結果了。」

現場一切就緒，除了阿浪及偉仔之外，其餘的人都各自找地方躲了起來。

阿浪看了看周圍，知道自己是絕對逃不了的，因為他周圍都有槍支正指著他，如果他敢跨越圓圈的話，那麼他馬上就會一命嗚呼。

他深深吸了口氣，將兩把手槍插進自己的褲頭上，這是他的習慣，從拔槍到開槍一氣呵成，而偉仔也是這麼做。

阿浪緊盯著偉仔，而偉仔也緊盯著他，兩人的決戰一觸即發，現場空氣中瀰漫著一股緊張的氣息，讓人大氣都不敢喘一下。

此時身旁兩台大電風扇正使勁地吹著，突然，不知哪來的飛刀不偏不倚地射中吊在空中的麵粉袋。接著，如雪般的麵粉便如沙漏般緩緩傾瀉而下，並隨著電風扇的轉動而在空中四散飛舞著。

儘管阿浪被麵粉嗆得快睜不開眼睛，呼吸也變得不怎麼順暢，但他依舊不敢大意，全神貫注在對方身上。

就在飄揚的麵粉快要模糊他倆的視線時，偉仔閃電似的拔出了槍，「砰砰砰」一口氣便是三發子彈往阿浪的上中下三路飛來。

阿浪此時的眼睛早被麵粉給蒙上了一層白，視線極差，但他還是靠著他聽聲辨位的本事，縱身一跳敏捷地躲過了對方的第一波攻勢，連帶的他自己也回敬了對方三顆子彈。

不過就在阿浪落地的那一刻，他差點就越出了界外。他提醒自己，一定要更加小心才行。

很快地，就在雙方你射我閃，我射你躲的情況下，阿浪的第一把手槍子彈已經用罄。

他知道這樣下去絕不是辦法，如果再與對方這麼耗下去，最終頂多打個平手而已，但他必須贏才能救得了他老媽，於是阿浪飛快地在腦海中想著辦法。

當他的視線再度瞄向偉仔時，這次他盯著偉仔左肩上的傷勢看了十秒鐘。

有了，他想到辦法了！

阿浪先是閃過偉仔所射過來的兩發子彈，接著他抓準機會，瞇著眼將子彈瞄準偉仔的左肩位置射去。

偉仔及時一閃，雖然避開了子彈，但連帶地也牽動了左肩的傷勢，他痛苦地皺了一下眉頭。然而當他都還沒站穩時，阿浪的子彈馬上又緊接而來，且每一發都瞄準了他的左肩。

偉仔左閃右閃，並隨時反擊，而他左肩上的傷口也隨著他大力的轉動而整個裂開，鮮血染紅了繃帶並滲出流至地面。

接連五發子彈，偉仔的傷勢終於逼得他受不了，他痛得緊按著自己的左肩，跪坐在地上，臉上盡是痛楚的表情。

阿浪把握機會，射出他手中的最後一發子彈。

當偉仔抬起頭發現想閃躲時，這時肩上傳來的劇烈疼痛，減緩了他的動作。也就因為這一慢，他的額頭上便中了一記子彈，當場慘死。

偉仔「砰」的一聲往後仰倒在地上，他的雙眼先是睜得杏圓，似乎不敢相信自己竟然會輸。但接著他的嘴角上揚，露出一抹平靜的笑容，對自己最後會死在阿浪手裡感到滿意，沒多久偉仔便闔上雙眼，死了。

阿浪看著偉仔倒下的模樣，雖然知道自己有點勝之不武，但如果他不狠下心來的話，今天死的就會是他自己。

這時頭上麵粉袋的麵粉已完全漏盡，原本四散飛舞的麵粉也幾乎落到了地面。槍聲過後現場鴉雀無聲，只剩兩台大電風扇仍在吱嘎吱嘎運轉著。

「我贏了，快放了我老媽。」阿浪對著從暗處走出來的刀疤陳大聲說。

忽然，發來嬸的聲音從阿浪背後傳來：「阿浪，我在這呀。」

阿浪轉過身，只見發來嬸正滿臉驚恐地朝他奔來。

他趕緊上前相扶，接著母子倆便緊緊相擁，發來嬸更是激動地哭了起來，她哽咽地說：「不是叫你別來了嗎？你這孩子吼……總是不聽我的話……」

「媽，別哭了。」阿浪連聲安慰：「妳放心，沒事了。妳快點走吧！」

「那你呢？」

「我……」

「想走？你以為有那麼容易嗎？」刀疤陳冷冷地說。

當刀疤陳看到偉仔倒地的那一刻，他簡直快抓狂了！他把每個弟兄都當成自己的親人來看待，如今愛將被自己最痛恨的條子給打死，他實在無法接受！

其他弟兄們也是，他們個個怒氣沖沖地瞪著阿浪，一心想要血債血償。

刀疤陳萬分懊悔，早知道他就該一槍斃了阿浪，那麼偉仔也不用犧牲了。在又痛又恨之下，他舉起手裡的槍，朝著阿浪的胸口火速射出了一發子彈。

阿浪一轉身，發現子彈已近在咫尺，雖然以他的身手來說，他是能閃躲的過，但一旦他閃過了，那麼中彈的人便會是他老媽。而他也是可以拉著老媽一同躲開，不過他望了一眼四周，無數的槍管正指著他與發來嬸，只怕才走沒幾步路，他倆便一同被打成了蜂窩。

阿浪的腳頓時釘在原地，動也不動，他萬念俱灰地想：「好吧，既然你們這麼想要

第八章

我的命，那就拿去吧。只希望你們待會能守信用，放了我老媽。」

看著子彈逐漸飛近，此刻，阿浪的腦海裡又浮現出嫦娥的臉孔，他在心裡默默地對嫦娥說：「儘管妳不愛我了，但我還是愛妳一如往昔……」

忽然，阿浪見到了嫦娥，就在他眼前。

他不敢置信地將眼睛瞪得老大，他以為這是幻覺，然而卻不是。

嫦娥奔到他面前，抱著他，為他擋下了子彈。

發出一聲悶哼後的嫦娥，摀著自己中彈的胸口，癱倒在阿浪的懷裡。

嫦娥對著阿浪露出虛弱的笑容，並喃喃地對他說：「我終於救到你了……」

阿浪抱著嫦娥癱軟的身軀跌坐在地上，在確定這一切並不是他的幻覺後，他仰天長嘯了一聲，這一叫把現場所有人都嚇到了。

阿浪看著嫦娥逐漸蒼白的臉龐，流下了男兒淚，他情緒崩潰地緊抱著嫦娥痛哭失聲。望著嫦娥一大片被染紅的胸口衣裳，阿浪明白如果再不趕緊送醫院急救的話，恐怕會有生命危險。

刀疤陳見有人出來礙事，不甘心的他又再度舉槍瞄準著阿浪，且不只是刀疤陳，就連原本躲在一旁的弟兄們也都紛紛站出來，拿槍指著阿浪。

發來嬸在看到嫦娥中彈後，就馬上嚇得暈了過去，而此時的阿浪才不管有多少人拿

槍指著他，他只管抱著嫦娥痛哭。

「原本……我是想用法術來救你的……但……」儘管嫦娥臉色慘白，但她還是一字一句地慢慢說：「但眼看情況危急，我一時心慌便整個人撲了上來……」

「別說了，走，我帶妳去醫院。」

阿浪不知道她在說什麼，現在的他一心只想著趕快將嫦娥送去醫院。

當阿浪抱起嫦娥站起身準備離去時，他才剛跨出一步，所有人便拿著槍將他們給團團圍住，而刀疤陳更是急著對阿浪扣下板機。

「對了，我忘了你的危機還沒解除呢……」

嫦娥費力地舉起雙手，開始比劃了起來，她用她最後一次可施展的法術，讓其他人睡著了。

現場除了阿浪與嫦娥之外，其他人紛紛倒下，個個睡得香甜。

阿浪看到這一幕並沒有多問什麼，他只管抱著嫦娥往外衝，火速趕往醫院。

當阿浪到了工廠外頭時，一堆警察突然圍了上來。

帶頭的王sir一看到是阿浪，馬上靠過來關心。其實他們在十分鐘前便接獲一名計程車司機的報案，說這裡發生槍戰。在得知確切地點後，他們便連忙趕來。而打電話報警的人，自然就是載嫦娥過來的司機大叔阿旺。

第八章

石頭、達哥以及志明等人，一見到阿浪懷裡嫦娥的傷勢，個個面色凝重。他們看的出嫦娥大概快不行了，就算及時送到醫院，恐怕也是凶多吉少，但他們沒有人敢對阿浪說出事實，因為這麼做實在是太殘忍了！

嘉樺從一台警車上下了車，她看著阿浪淚流滿面抱著嫦娥焦急的模樣，這是她第一次看到他如此脆弱的一面。那一刻，她的心緊緊被揪住，心情萬分複雜。

見到眾人，阿浪才沒空理會，他掠過大家身旁，隨便挑了台警車，把嫦娥往副駕駛座輕輕一放，便趕緊載著她匆匆離去。

王sir帶著眾人衝進工廠裡，原本預期會有一場槍戰，但沒想到進去後只見所有人都安穩地睡著，有的抱著身旁的人充當抱枕，臉上露出嬰兒般的笑容；有的則連連打呼，還能從鼻子裡呼出一個大泡泡來。

辦案多年的王sir為此感到相當詭異，不過他還是冷靜地吩咐員警們把所有的人給帶回去，也把暈倒的發來嬸給送往醫院。

看著駕車離去的阿浪與嫦娥，嘉樺五味雜陳的心情終於在此釋懷，她喃喃地說：「嫦娥，妳真是個可敬又可怕的對手，我服了妳了……不管怎麼樣，阿浪都只會是妳一個人的……」

嘉樺這次終於完全死心了，她深知自己是絕不可能插入他倆之間的感情的。她深深吸了口氣，振作起精神，轉身進工廠裡頭幫忙。

＊＊＊

阿浪駕著警車一路趕往最近的醫院。

在人命關天的情況下，他可顧不得什麼紅綠燈，他橫衝直撞，一下子差點撞上分隔島，一下子又差點與對向車道的汽車對撞。

他不時回頭察看身旁嫦娥的情況，而嫦娥只是緊閉著眼，一副奄奄一息的模樣。也由於阿浪太過焦急了，最後整台車撞上路旁電線桿，以致車頭全凹，還冒出陣陣白煙。

阿浪趕緊將嫦娥抱下車，想一口氣抱著她衝去醫院。

當阿浪將嫦娥一把抱起時，嫦娥卻搖搖頭，對他說：「別忙了。」

看著嫦娥已然絕望的模樣，阿浪生氣地說：「不行，妳不能死！我馬上送妳去醫院，妳再撐著點！」

這時，阿浪看見嫦娥的手腕上正戴著他送給她的傳家之寶，頓時他才明白嫦娥仍是忘不了他的。原本嫦娥的確將玉鐲放回了盒子裡留在桌上，但後來她又捨不得，於是又戴回了手上。

阿浪緊抱著嫦娥，雖然他不知道為什麼嫦娥要對他撒謊說不愛他了，但阿浪此時卻非常後悔當初說了那麼多傷害她的話。他以為他可以得到報復的快感，但是不，現在的他反而讓自己更加痛苦、更加自責。

嫦娥無力地推開阿浪抱著她的手，搖頭說：「難道你還不明白嗎？我不是人……你是絕對救不了我的……放棄吧……」

「不不，絕不！」阿浪氣惱地吼著。

嫦娥柔情地看著阿浪，用最後一絲的力氣對他說：「我想看月亮……」

阿浪忍住淚水，點點頭。

他抱起嫦娥，走到附近一處空地上，那裡雖看不到滿天的星斗，但卻可以看到皎潔無暇的月亮。

阿浪坐在地上，讓嫦娥輕靠著他的肩，除了陪她看月亮之外，阿浪實在不知道該做些什麼才好。

「唱首歌給我聽……」嫦娥輕聲哀求著。

「好，妳想聽什麼？」

「你知道的……」

阿浪想了想，他想起平常嫦娥最喜歡和老媽談論鄧麗君的歌曲，而他們倆最喜歡的就是那一首。

阿浪握著嫦娥的手，用他那嘶啞的嗓音輕唱著：「明月幾時有，把酒問青天，不知天上宮闕，今夕是何年……」

阿浪回想起他遇見嫦娥的那一刻，從互不相識，到最後相知、相戀。生活中的點點滴滴，嫦娥的一顰一笑、一舉一動，歷歷往事如同放映機般，在阿浪的腦海裡不斷播放、倒轉著。

想著想著，阿浪越唱越是哽噎，最後他終於唱不下去了。

「對不起，我……」

阿浪看著嫦娥，這才驚覺嫦娥已然閉上雙眼，安祥地帶著微笑逝去。

他難以克制地痛哭了起來，仰天大吼：「為什麼……為什麼……啊……」

突然，從月亮上迸射出一道光芒，筆直地照射在嫦娥冰冷的身軀上。

接著天空出現了幾道人影，由遠而近飄然而至。為首的婦人一身黃衣，頭戴鳳冠，手持龍頭枴杖，而兩旁的年輕女子，則衣著較為樸實，這三人正是王母娘娘和祂的兩位貼身伺女。

原來王母娘娘在看到假扮成嫦娥的麻糬人時，早就一眼看穿了，但祂沒說破，只是靜觀其變罷了。後來祂掐指一算，知道嫦娥私自下凡跑來營救后羿轉世的陳昕浪，祂搖搖頭，知道嫦娥必有不測，於是祂今日特地下凡來處理。

阿浪第一次看到神仙，先是嚇呆了，眼淚也跟著停了下來。

他看著王母娘娘輕飄飄地站在一朵雲上，來到嫦娥的身邊。這時他顧不得對方的身

分，趕緊跪下來乞求：「求求祢救救她！」

慈眉善目的王母娘娘微笑說：「她不會死的，因為她吃了長生不老藥。」

「那……那為什麼……」阿浪緊張地問。

「她必須跟我回去，只有回到天上，她才能起死回生。」

「這……」

阿浪傻住，他不知道該怎麼回答才好，他多麼希望嫦娥能永遠留在他身邊，但是如果不讓她回去的話，那麼她就會死。

最後他咬著牙，痛楚地說：「嗯，祢快帶她走吧。」

「你放心，我會消除你們所有人的記憶，從此你們不會再記得有嫦娥這個人，你可以回到你原本的生活。」王母娘娘平靜地說，祂知道這麼做對他們倆來說實在很殘酷，但祂卻不得不這麼做。

阿浪不語，他的心彷彿在瞬間被掏空，他將會忘掉嫦娥，而嫦娥也將從他的生命中永遠消失。

他望著嫦娥安祥的側臉，想利用這最後幾分鐘的時間，再好好地、仔細地將她的臉永遠記在腦海裡。接著他閉上雙眼，將嫦娥美麗的模樣永遠烙印在內心深處。

許久，阿浪終於點了點頭。

看著阿浪對嫦娥用情至深的模樣，曾經送過他倆「長生不老藥」的王母娘娘，這時

突然又心軟了起來。

祂實在不願拆散眼前這對鴛鴦，但無奈他倆的身分懸殊，是絕對不可能在一起的，不過祂倒是可以幫他們倆做最後一件事，那就是讓他們有機會道個別。

王母娘娘施了法，嫦娥身上立即散發出一陣炫目的七彩光芒。

沒多久，嫦娥的手指頭動了，眼睛也眨呀眨地睜開了。

阿浪欣喜若狂地緊抱著嫦娥，而清醒後的嫦娥一見到阿浪，也是高興地和他緊緊相擁。欣喜之餘，嫦娥看見了一旁的王母娘娘，她先是嚇得花容失色，不過王母娘娘臉上溫柔的笑容卻化解了她的緊張與憂慮。

「給你們十分鐘的時間彼此道別。」王母娘娘對兩旁的伺女說：「巧兒、青兒，隨我回去。」

「是。」兩旁伺女欠身回答後，便隨著王母娘娘順著光芒回到了天上，而光芒不久後也隨之消失。

見王母娘娘走了，嫦娥輕聲說：「阿浪，對不起，我不是故意要騙你的。我下凡的目的其實是要助你渡過兩次的死劫，至於說我為什麼要幫你，因為……你就是后羿，我最愛的人。」

「后羿？我小時候好像有聽過我母親跟我說過這個故事，它是關於一個笨女人，偷吃下長生不老藥，然後飛到月亮上的故事吧？」阿浪輕擁著嫦娥說。

「我才不是什麼笨女人呢！」嫦娥噘嘴抗議。

阿浪笑了笑，接著說：「真沒想到神話裡的故事，居然會跟我有關，也難怪……難怪我一直覺得好像跟妳認識了許久似的。」

「阿浪，謝謝你這麼愛我，也謝謝伯母對我這麼的照顧，但……我必須回去了……」嫦娥認真地說：「我知道你會忘了我。希望……希望你能夠找個賢慧的老婆，與你攜手共度一生……」

阿浪面無表情地看著嫦娥，一句話也沒說。

「我覺得嘉樺這女孩還不錯，你可以……」

阿浪用手制止嫦娥繼續說下去，然後他說：「我的結髮妻子只有一個人，那個人就是妳。」

「可是……」

「我們逃吧！」阿浪突然說：「逃去他們找不到的地方。」

阿浪拉著嫦娥起身，準備展開逃跑行動。

「這是不可能的。」嫦娥搖頭說。

「我曾說過我會保護妳的，更何況……」阿浪指了指嫦娥手腕上的玉鐲說：「妳還

是我最重要的人。」

嫦娥感動地流著淚，點頭說：「嗯，走吧。」

阿浪牽著嫦娥的手，準備展開他們的逃亡行動。但兩人才跑沒多遠，月亮上再度迸射出一道筆直的光芒，將嫦娥給完全籠罩。

嫦娥的身體飄了起來，身上的衣著也變回了下凡前的模樣。一股強烈的吸力，正不停地將她往月亮的方向吸去。

儘管嫦娥的身軀已整個和地面平行，但他倆仍死抓著對方不肯鬆手。

僵持了許久，仍抵擋不了那股強大的吸力。阿浪使勁地拉著嫦娥的手，儘管用力到整張臉都變了形，手也流了血，但他仍然不願放手。

看到阿浪一臉痛楚的模樣，嫦娥實在是於心不忍。

終於，她對阿浪說：「放手吧。」

「我不放，我絕對不會再次放開妳的！嫦娥……」阿浪大聲嘶吼。

嫦娥露出了燦爛的笑容說：「你終於記得我的名字了。」

接著，嫦娥緩緩地將自己的手從阿浪的手中抽出，並啞聲說：「永別了，阿浪……」

阿浪驚懼地看著嫦娥一點一滴將手從他手中抽離，甚至最後嫦娥還突然用另一隻手

猛然推了他一大把，讓他頓時失去重心，重重地往後跌坐在地上。

在此同時，嫦娥咻的一聲便飛上了月亮，失去了蹤影。

阿浪慌忙起身，向前追了幾步，並拔起插在褲頭上的手槍，想朝月亮射擊，但他卻忘了他的槍早已沒了子彈。

沒多久，一個物體從空中掉落至地面，發出了清脆的聲響。

阿浪向前彎腰一看，那不就是嫦娥手腕上所配戴的那只玉鐲子嗎？

阿浪緊抓著玉鐲，難過地紅了眼眶。

當嫦娥的身影消失在空中時，阿浪的心也整個被掏空。

他恍惚地跌坐在地上。

後來他做了哪些事，怎麼回到家的，他也不知道。

＊＊＊

隔天一早，鬧鐘一叫，阿浪便機械式地爬了起來。

他無精打采地走到浴室，拿起牙刷，擠了牙膏，懶洋洋地刷著。

突然，他想到今天是禮拜幾呀？昨天他到底做了什麼？怎麼才睡了一覺而已，很多

事他都記不得了。

換好衣服下樓後，發來嬸正煮好一頓豐盛的早餐。

「媽，早。」

「早呀，阿浪，快來吃早餐。」

阿浪坐到自己常坐的位置上，朝桌上一看，發現一旁怎麼多了一副碗筷。

「媽，我們家明明就只有兩個人而已，為什麼還多放了一副碗筷？」阿浪好奇地問。

發來嬸看著那副多出來的碗筷，自己也一臉莫名地說：「唉唷，對吼，為什麼我會多拿一副碗筷出來呀？我也搞不懂。大概人老了，糊塗了吧。」

阿浪與發來嬸笑了笑，接著兩人便一同坐下來吃早點。

用餐過程中，阿浪老覺得有點不太對勁，似乎少了些什麼，但他卻說不出個所以然。

阿浪越吃越覺得心浮氣躁，他對自己好像忘了某樣東西，但卻始終想不起來而感到心煩。於是早餐也沒吃完，他便匆匆出門去了。

「阿浪。」發來嬸從後頭追了出來。

阿浪好奇地轉過頭，只見發來嬸拿出那只傳家玉鐲對他說：「今天早上我在桌子上發現的，你怎麼可以把這麼重要的東西隨便亂放呢？這可是要給你老婆、我未來媳婦戴的……」

阿浪盯著這只玉鐲子閃神了片刻，他覺得這只玉鐲似乎有什麼事想告訴他，但他依然想不出來。

「阿浪，阿浪，我在說你有沒有在聽呀？」發來嬸說。

「什麼事？」阿浪好不容易回過神來。

「什麼時候我才能抱孫呀？」發來嬸笑咪咪地說：「唉唷，我這把老骨頭已經等不及了。」

「無聊！」

阿浪瞪了發來嬸一眼，便戴上安全帽，跨上機車，準備去上班。

野狼在熟悉的道路上奔馳著，風呼呼吹過他的雙頰，阿浪臉上心事重重。他為自己一早便覺得什麼事都不對勁感到奇怪，但任他想破頭就是理不出個頭緒。

他加快了車速，索性讓風兒帶走他一切的煩憂。

然而，關於嫦娥一切的記憶，都已不復存在……

尾聲

光陰似箭，歲月如梭，轉眼間十年過去了，一年一度的中秋佳節又即將到來。

算算時間，阿浪已經在T市警局中正第七分局裡服務了將近十三年，從原本還是青澀的菜鳥，如今都成為可以獨當一面的老鳥了。

而年紀已過六十的王sir也在今年宣布退休，準備開始享受人生的最後時光。同事們個個結婚的結婚，生孩子的生孩子，阿浪當然也不例外。他和嘉樺早在七年前便結婚了，兩人的婚姻很美滿，生活日子也都還過得去。

發來嬸也如願以償地升格為奶奶，每天替兩個小鬼頭把屎把尿的，但仍一副樂不可支的模樣。

由於王sir要退休的關係，大家決定今年的中秋節要一起去溪邊烤肉。

記得上次他們一起烤肉的日子已經非常遙遠了，大家都因為各自有自己的事要處理，總是無法約齊所有的人。但一聽到王sir宣布要退休的事情後，大家都不約而同放下手邊的工作，決定抽空前來參加今年的中秋節烤肉。

夜幕低垂，點點星光在夜空中閃爍，月亮如珍珠般懸掛在上頭。晚風一拂，烏來溪

邊傳來了陣陣飄香。

今年負責烤肉的人，是由剛結婚還沒有小孩的達哥來負責，只見達哥正揮汗如雨地烤著肉，左右手忙得不可開交。而其他人不是追著自己的小孩到處跑，就是忙著替年幼的嬰孩餵奶、換尿布，現場除了七嘴八舌的聊天聲之外，還充斥著小孩子哭叫、嬉鬧的聲音，以及三條狗汪汪叫的聲音，場面非常熱鬧。

阿浪不喜歡吵雜，也不愛聊八卦話題，於是他對坐在身旁的妻子，也就是嘉樺說了聲：「我去附近走走。」

嘉樺一手抱著已經睡著的四歲咪咪，看了一眼一旁拿著石頭與其他三個孩子正玩著疊城堡遊戲的六歲傑米，然後回頭對阿浪微笑說：「嗯，你去吧。我會看著他們兩個的。」

阿浪看著傑米和咪咪，這兩個小鬼還真跟他長得很像，尤其是傑米這小子，簡直就是阿浪小時候的翻版，實在是像極了！

阿浪非常愛他兩個孩子，還有他們的母親——嘉樺。

至於阿浪為什麼會和嘉樺步上紅毯？

這可要回溯到十年前。

那時嘉樺的主動追求與體貼攻勢，甚至最後還鼓起勇氣來個愛的大告白，讓遲鈍的阿浪終於明白她的心意。其實他也一直對嘉樺存有好感，更何況女追男隔層紗，阿浪十

分欣賞嘉樺的勇氣，於是兩人決定交往，三年後便步入了禮堂。

這幾年，阿浪的腦海中不時會浮現出一個女人的模糊身影，但他就是無法看清對方的樣貌。他常常會覺得少了些什麼，但卻難以具體描述、說不上來。

和嘉樺交往時，她戴上了那只祖傳玉鐲，然而阿浪不知道為什麼，只要一看到那只玉鐲，他便有種想哭的衝動，這種異樣的情緒至今他仍無法解釋。

阿浪雙手插在口袋裡，順著溪邊慢慢向前踱去，邊走還邊踢著碎石子。

不知為何，每到了中秋夜晚，他的胸口便覺得鬱悶難耐，彷彿要被整個撕裂開來一般。今晚也是如此。於是他想到處走走，呼吸一下新鮮空氣，看能不能讓情況好轉點。

突然，一隻大鳥振翅從頂上飛過。

阿浪抬頭看著那隻鳥消失在夜色中，接著他將視線看向月亮。

「月亮呀，月亮。
為什麼我每次一見你，就感到一股沒來由的悲傷？
你能否告訴我，究竟有什麼秘密？
我覺得我好像忘了一樣很重要的東西，
你能否行行好，透露一點訊息給我，

就算只有一點點也好……」

「爹地。」

後方，傑米正揮著手，興沖沖地跑到阿浪面前。

他撒嬌地依偎在爸爸身上問：「爹地，你在這裡做什麼？」

「沒什麼，只是隨便走走而已。」阿浪看著傑米問：「怎麼了？傑森。找爹地有什麼事嗎？」

傑米嘴翹得高高的，叉腰生氣地說：「爹地，你又記錯了！我叫傑米，不是叫傑森，叫傑……米……」

傑米多想撬開爸爸的腦袋，瞧瞧爸爸的腦袋裡是不是少了一塊，否則怎麼每次都會把他的名字給叫錯。雖然阿浪最後索性直接以兒子、女兒、老婆及老媽來替代，但傑米還是對爸爸無法記住他的名字感到相當不滿。

阿浪搔了搔後腦勺，接著彎身對傑米雙掌合十說：「抱歉嘛，你知道爹地記性不好，你就原諒爹地吧！」

傑米雖然很氣爸爸，但在聽見爸爸的道歉後，他的氣很快就消了。

「爹地，你有沒有記得過誰的名字呀？」傑米好奇問。

阿浪歪頭想了想，突然他心中快浮現出一個人的名字，但很快又沒了。

「那個能被爹地記住名字的人真幸福！」傑米吃醋地說。

這時，不知哪來的音樂正撥放著鄧麗君的歌曲。

原來是附近一群來烤肉的歐巴桑、歐吉桑們，他們自備收音機，一邊享受著音樂一邊大啖美食。

鄧麗君清亮的嗓音，透過收音機，直直撞進阿浪的內心深處。

「明月幾時有，把酒問青天，不知天上宮闕，今夕是何年……」

阿浪聽著聽著，步伐漸漸不穩，身體左右搖晃。

傑米見爸爸一臉慘白的模樣，嚇壞了！

他趕緊搖著阿浪的手臂直問：「爹地，你怎麼了？」

阿浪沒有回答。

突然，阿浪抬起頭，望著空中的月亮，臉上這時也多了兩道清淚。

他凝視著月亮，徐徐吐出了一個埋藏在心底深處的名字：

「嫦娥……」

（全書完）

尾聲

國家圖書館出版品預行編目資料

嫦娥 / 嬋 娟 著 --初版--
臺北市：博客思出版事業網：2014.2
ISBN：978-986-5789-16-9（平裝）

857.7　　103001543

現代文學 12

嫦 娥

作　　者：嬋 娟
美　　編：鄭荷婷
封面設計：鄭荷婷
執行編輯：張加君
出 版 者：博客思出版事業網
發　　行：博客思出版事業網
地　　址：台北市中正區重慶南路1段121號8樓14
電　　話：(02)2331-1675或(02)2331-1691
傳　　真：(02)2382-6225
E—MAIL：books5w@gmail.com
網路書店：http://bookstv.com.tw/
http://store.pchome.com.tw/yesbooks/
博客來網路書店、博客思網路書店、華文網路書店、三民書局
總 經 銷：成信文化事業股份有限公司
劃撥戶名：蘭臺出版社　帳號：18995335
香港代理：香港聯合零售有限公司
地　　址：香港新界大蒲汀麗路36號中華商務印刷大樓
C&C Building, 36,Ting, Lai, Road, Tai,Po, New,Territories
電　　話：(852)2150-2100　傳真：(852)2356-0735
總 經 銷：廈門外圖集團有限公司
地　　址：廈門市湖裡區悅華路8號4樓
電　　話：86-592-2230177
傳　　真：86-592-5365089
出版日期：2014年2月 初版
定　　價：新臺幣250元整（平裝）
ISBN：978-986-5789-16-9